때로는 예민해도 괜찮다

때로는 예민해도 괜찮다

초판 1쇄 인쇄 2024년 5월 15일
초판 1쇄 발행 2024년 5월 25일

지은이 김자옥

펴낸이 우세웅
책임편집 한홍
기획편집 김휘연
표지디자인 김세경
본문디자인 이유진

종이 페이퍼프라이스(주)
인쇄 ㈜다온피앤피

펴낸곳 슬로디미디어
신고번호 제25100-2017-000035호
신고년월일 2017년 6월 13일
주소 경기도 고양시 덕양구 청초로66, 덕은리버워크 지식산업센터 A동 15층 18호

전화 02)493-7780 | **팩스** 0303)3442-7780
전자우편 slody925@gmail.com(원고투고·사업제휴)
홈페이지 slodymedia.modoo.at | **블로그** slodymedia.xyz
페이스북·인스타그램 slodymedia

ISBN 979-11-6785-197-0 (03810)

※ 이 책은 《우리는 조금 더 예민해야 한다》의 개정판입니다.

때로는 예민해도 괜찮다

차별적인 말에 둔감해진 나를
깨우고 지키는 예민함의 힘

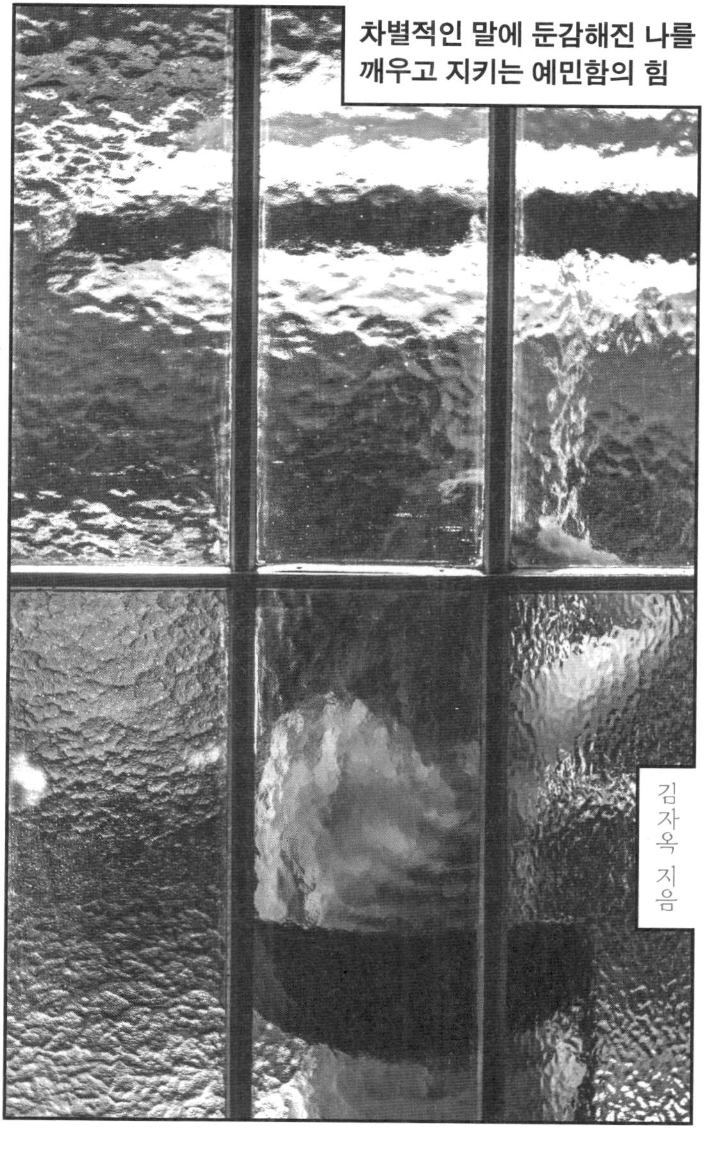

김자옥 지음

슬로디미디어

추천사

나와 내 생각을 헤아리는 사람들 사이에서 목소리를 내는 일은 비교적 안전하고 쉽다. 비혼에 무자녀, 혼자 살며 혼자 일하고, 비슷한 사람들하고만 부대끼는 여성으로서 종종 생각한다. '나는 얼마나 안온한 세상에 살고 있는가?'

이 책의 작가는 다정하지만은 않은 삶의 현장에서 1인 다역을 감당한다. 직장인, 작가, 엄마, 아내의 삶을 저글링하듯 살아가면서 "왜?"라는 의문을 멈추지 않는다. 행여 불편한 사람이 되더라도 두루뭉술 타협하지 않는다. 그의 일상에 뿌리내린 단호함에서 희망과 용기를 배운다.

책은 말한다. '남자에겐 격려와 응원을 보내면서 여자에겐 포기와 타협을 제시'하는 이 세상에서 '예민한 사람은 세상의 소금과 같은 존재'라고. 이 책은 툭하면 예민하다는 말을 듣는 우리에게 빛과 같은 책이 될 것이다.

– 김신회(에세이스트, 《아무튼, 여름》의 저자)

프롤로그

중학생 때였다. 음악 시간이었는데 다른 반과 진도가 안 맞았는지 선생님은 진도를 나가는 대신 '어떻게 살아야 하는가'에 대해 이야기했다. 이런저런 얘기 중에 선생님은 살면서 자주 '왜'라는 질문을 던져야 한다고 했다. 특히 우리 나이가 한창 궁금한 게 많아야 할 때라고. 그러면서 최근 들어 궁금했던 게 있는지 물었다. 교실은 조용했다. 선생님은 질문은 원래 작은 궁금증에서 시작하는 거라며, 아무거나 좋으니 망설이지 말고 얘기해보라고 했다.

나는 손을 들었다. 선생님은 반가운 듯 나를 지목했다. "왜 아이들은 다 아빠 성만 따르는지…. 엄마 아빠의 자식인데, 이건 차별 아닌가 하는 생각이 들어서요." 선생님 얼굴에선 좀 전의 반가운 표정이 사라졌다. 대신 선생님은 '난 또 뭐라고' 하는 표정으로 심드렁하게 대답했다. "미국은 결혼하면 여자 성도 남자 성 따라 바꾸는데 뭐. 거기에 비하면 한국은 양반이지." '왜'라는 질문이 중요하다던 선생님은 내 질문에는 조금도 '그러게, 왜 그럴까?'란 생각은 하지 않는 듯했다. 선생님은 바로 다른 아이들을 향해 "또 다른 사람?"이라고 했다. 난 머쓱했다. 괜한 걸 물었나 싶기도 했고, 조용히 있을걸 그랬다는 생각도 들었다.

비슷한 순간은 살면서 꽤 자주 있었다. 말끝마다 "여자애가"라던 선생님에게 "남자는요?"라고 물었을 때, 딸은 시집보내면 끝이란 말을 입버릇처럼 하던 부모님에게 "아들은 달라?"라고 했을 때, 친지 모임에서 "이런 건 여자들이 하는 거지"라고 해서 "그럼 남자는 뭐 해?"라고 반문했을 때, 회식 자리에서 "술은 여자가 따라야 맛있지"라는 사람에게 "왜요?" 하고 추궁했을 때. 이때도 늘 상대의 표정은 어딘가 언짢아 보였고, 반응은 시큰둥했다. 그러면 난 또 괜한 말을 했나 싶었다. 이런저런 것이 자꾸 거슬리고 머릿속에 '왜'란 궁금증이 끊이지 않는 내가 어딘가 모난 구석이 있는 게 아닌가 하는 생각마저 들었다.

시답지 않은 말과 아슬아슬한 농담을 자주 던지던 회사 선배가 있었다. 보통은 대충 맞장구쳐주거나 말없이 웃고 넘어가곤 했는데, 하루는 그가 하는 말이 많이 거슬렸다. 듣기도 불편했고 계속 받아주니까 끝을 모르는 건가 싶기도 했다. 난 웃음기 없이 건조하게 말했다. "재미없는데요." 그는 내 말을 장난으로 받아쳤다.

"뭘 재미가 없어. 속으론 재밌으면서."

"아니요. 진짜 재미없어요. 그런 농담 별로예요."

순간 선배가 지은 표정은 익숙한 것이었다. 내가 사람들에게

"왜요?"라고 물을 때마다 본 표정. 대신 그는 곧장 굳은 얼굴을 풀곤 이렇게 말했다. "어우, 예민하기도 해라. 알았어. 근데 뭘 또 정색까지 해?" 정색해야 알아듣죠, 라고 하고 싶었지만 그 말까진 하지 않았다.

여성 비하 발언을 재미 삼아 하고, 차별 섞인 말과 행동을 아무렇지 않게 하는 사람을 보면 마음이 편치 않았다. 그럴 때마다 불편하다고 말을 할지 말지 많이 망설였다. 같이 있는 다른 여성들은 전혀 불편해 보이지 않을 때면 더욱더. 입 밖에 내면 나만 또 예민한 사람이 될 게 뻔하니까. 그동안 난 예민하다는 말을 충분히 들어왔으니까.

남편과 사이가 안 좋은 시기였다. 가까운 지인에게서 전화가 왔다. 요즘 둘 사이는 어떻냐며, 잘 지내고 있냐고. 그러면서 말했다. "남자는 다 그래. 오죽하면 남자는 애 아니면 개라는 말도 있겠어. 네가 웬만하면 맞춰줘." 어떤 뜻으로 한 얘기인 줄은 안다. 나를 위해 한 얘기라는 것도. 그렇지만 나는 오히려 불편해졌다.

"남자는 애 아니면 개야"라고 하는 건 남자는 애처럼 자기만 알아도, 개처럼 사리 분별을 못 해도 원래 그런 존재이니 여자가 남자 상태에 따라 맞춰주라는 뜻이다. '애 아니면 개'인 존재에게 성인이나 사람이 되라고 하는 말이 아니라. 이치에도 맞지 않는 말을 지인은 너무나도 아무렇지 않게 했다. 이상하다는 생각은 전혀 못 하는 듯했다.

잘나가고 욕심도 있는 여자 상사를 보고 한 선배는 말했다. "여자가 저 정도 올라갔으면 됐지, 뭘 더 욕심을 내." 여자가 낼 수 있는 욕심의 한계가 따로 있는 것도 아닐 텐데. 어느 지인은 아는 것도 많고 똑 부러지는 한 여성을 보고 말했다. "여자가 너무 똑똑하면 남자가 피곤한데." 피곤한 게 아니고 열등감 아닐까. 한 친척 어른은 "여자는 딸이 있어야 해. 그래야 엄마를 돕지"라고 했다. 집안일 덜자고 딸을 낳으라는 말인가. 딸은 무슨 죄일까? 어떤 이는 말했다. "여자가 여자다운 맛이 있어야 하는데." 여자다운 맛은 어떤 '맛'일까? 연상 여자 친구를 남자들은 누나 대신 '너'라고 불렀다. 생일만 빨라도 오빠라고 부르라는 사람들이 누나 소리는 하기 싫은 건가?

하나하나 따지고 묻고 싶었지만 예민하다는 말이 자꾸 말을 삼키게 했다. 희망은 하나뿐이었다. 시간이 지나면 달라지겠지. 세대가 달라지면 생각도 바뀌겠지.

변화는 생각보다 꽤 느린 것 같다. 아직도 두 귀를 의심케 하는 발언을 태연하게 내뱉는 사람들이 있다. "그 말은 좀 그런데"라고 하면 "아, 그런가?"라며 부끄러워하거나 자제하려는 사람도 있지만, 어떤 이들은 되레 발끈하기도 한다. 별생각 없이 한 얘기인데 뭐가 그렇게 잘못됐냐고. 그럼 나는 속으로 대꾸한다. 생각이 없는 게 잘못이라고.

이젠 예민하다는 말에 움츠러들지 않으려 한다. 내가 움츠러들수록 둔감한 상대방의 말에 더 힘이 실리고 그럴수록 변화도 더 더뎌질 테니까. 내 아이가 성인이 됐을 때도 지금과 다를 게 없다면 무척 슬플 것 같다. 내가 들어왔던 편견과 차별 섞인 말을 다음 세대는 부디 듣지 않았으면 좋겠다.

이 책에는 내가 주변에서 자주 듣고 불편했던 말과 그에 관한 생각, 변했으면 하는 우리의 태도를 담았다. 나처럼 예민하다는 말에 '그런가?'라며 자신을 의심하고 할 말을 삼켜온 여성이 많으리라 생각된다. 이 책이 목소리를 낼 수 있는 용기와 생각하는 힘을 기르는 데 조금이라도 보탬이 되면 좋겠다. 더불어 자신도 모르게 습관처럼 해온 말을 돌아보는 계기가 되었으면 하는 바람이 있다. 더 한껏 예민하게 '왜'라는 질문을 함께 던질 수 있으면 좋겠다.

차례

2장

우리는 조금 더 예민하게 들어야 한다

3장

우리는 조금 더 생각해봐야 한다

1장

우리는 조금 더 목소리를 내야 한다

1

그쪽 기가 약한 거예요

어느 독서 모임에서였다. H가 불쑥 내게 말했다. "근데 자옥님은 남자들이 많이 어려워할 것 같아요. 그런 말 많이 듣지 않아요?" 내가 "글쎄요"라고 하자, 그는 이번엔 마치 추궁이라도 하듯 "많이 들었을 거 같은데? 잘 생각해봐요"라고 했다. 독서 모임이 이어지는 동안 H는 몇 번인가 더 같은 질문을 했다. 그럴 때마다 "그런가요?"라며 대충 넘어가자, 급기야 그는 "에이, 그러지 말고 말 좀 해봐요"라고 했다. 마지못해 "그런 것도 같고요"라고 하자 H는 "거봐, 그렇다니까"라고 했다. 그제야 속이 후련한 듯 보였다.

H와 같은 맥락일진 모르겠지만 남자들로부터 기가 세다는 말을 종종 들었다. 처음엔 내가 좀 공격적이거나 강하게 말하나 싶

었다. 그런데 그다지 힘주어 말하지 않을 때도 같은 말을 듣곤 했다. 그들의 말에 순순히 동의하지 않고 다른 의견을 내거나 분위기를 살펴가며 대충 수긍하는 대신 내 생각을 정확히 이야기할 때면, 어김없이 "역시 세"라고 했다. 그러면서 내 의견보다 태도나 성격으로 화제를 돌렸다.

누군가에게 기가 세다고 할 때는 본인이 기가 눌렸다는 뜻이다. 자기 말을 부정했다는 이유로, 혹은 주변 눈치 보지 않고 자기 표현을 자유롭게 하는 누군가를 보고 기가 죽었다면 그만큼 자존감이 낮다는 얘기다. 자존감이 낮은 사람들은 보통 상대방을 낮춤으로써 자기 자존감을 채우려 든다. 이를테면 소신이 있거나 주관이 뚜렷한 사람을 '기가 너무 세다'는 말로 깎아내리는 식으로. 물론 이럴 때 상대방은 늘 본인보다 약해 보이는 사람이다.

H는 늘 뭐든 다 아는 듯 말했다. 그래서인지 H가 하는 말에 사람들은 쉽게 동의했다. 반면 나는 자주 이의를 제기했다. "그건 이런 게 아닐까요?" " 달리 볼 수도 있지 않을까요?"라며. 그럴 때면 사람들은 "오, 그렇게 볼 수도 있겠는데요"라며 내 의견에 더 관심을 보였다. H는 내심 그러는 내가 못마땅했을 거다. 어쩌면 대하기가 호락호락하지 않다고 여겼을지도 모르겠다. 굳이 '남자들'이 어려워하지 않냐며, 마치 자기는 아닌 것처럼 굴었지만 난 그의 마음을 충분히 느낄 수 있었다.

지금 생각하니 나는 그때 "글쎄요, 그런 것도 같고요"라는 대답 대신 "H님, 제가 어려우세요?"라고 되물을걸 그랬다.

얼마 전, SNS를 보다가 한 영상에 눈길이 갔다. 영상 섬네일에 쓰인 '기 센 언니들 윷놀이하다 찐으로 싸울 뻔'이란 문구 때문이었다. 화면엔 유명 여자 배우 두 명이 어딘지 날카로워 보이는 표정을 짓고 있었다. 궁금해 눌러보니 별것 없었다. TV 프로그램 같았는데, 잘 알려진 여자 배우 몇 명이 한 방에 모여서 다 같이 윷놀이를 하고 있었다. 그러면서 "윷을 더 높이 던져라" "아웃이다" "말을 잡아라" "아니다, 업어라" 하며 옥신각신하는 장면이 다였다. 섬네일 문구가 원래 자극적이라는 걸 감안하더라도 굳이 '기 센 언니들'이라는 표현을 써야 했을까, 의문이 들었다. 이런 경우는 자주 있다.

유독 여자 출연자가 많이 나오는 방송을 보면 '기 센 언니들', '센 언니 특집' 같은 표현을 많이 쓴다. 어찌 보면 여자들만 나오면 습관처럼 쓰는 것 같기도 하다. 센 언니 특집이라고 해서 보면 대부분 겉모습만 강해 보이거나, 아니면 자기 생각을 당당히 표현하는 사람들이다.

TV 방송에는 여자만 나오는 경우보다 남자들만 잔뜩 나오는 프로그램이 훨씬 많다. 그들은 주로 게임을 하거나, 서바이벌 경쟁을 하거나, 그저 모여서 수다를 떨기도 한다. 그들이 주고받는 말은 그야말로 세다. 아무리 방송이고 장난이라지만 어느 땐 말이 심한 거 아닌가, 저렇게까지 할 필요가 있나 싶을 때도 많다. 그런데도 그들에겐 기가 세다는 말은 하지 않는다.

그에 비하면 고작 윷놀이 하나 하면서 목소리 좀 높였다고 기가 세다고 하는 건 아무리 생각해도 이상하다.

한 지인이 요즘은 학교에서 여자애들이 남자애들보다 기가 훨씬 세다며 초등학생 아들을 걱정했다. 여자애들이 공부는 물론이고 발표도 잘하고, 요샌 운동장도 여자애들이 많이 차지하고, 선생님도 여자애들을 더 예뻐한다며, 요즘은 남자애들이 오히려 기를 못 편다고 했다.

도대체 '기'라는 것이 뭐길래 남자아이는 기를 못 펼까 걱정하고 여자아이는 기가 세면 불편해할까? 남자아이들이 기를 못 편다면 그건 여자아이들이 기가 센 탓일까? 여자아이가 공부를 잘해서 남자아이가 공부를 못하는 것도 아닐 테고, 가르치는 입장에선 발표 잘하고 수업 잘 따라오는 아이에게 눈길이 더 가는 건 어쩔 수 없는 일일 텐데. 게다가 여태껏 남자아이들이 운동장을 전부 차지할 땐 아무 말이 없다가 이제야 여자아이들이 쓰는 걸 가지고 '기가 세다'라고 하면, 여자아이들은 언제, 어디서, 어느 정도나 기를 펴야 하는 걸까.

그래서 얼마 전부터는 누군가 내게 "기가 너무 세"라고 하면 복잡하게 생각하지 않고 바로 이렇게 답한다. "그쪽 기가 약한 거예요." 그럼 대체로 머쓱한 표정만 지을 뿐 더 이상 다른 말이 없다. 이 글을 쓰면서 대꾸할 말이 하나 더 떠올랐다. "남자들이 어려워할 스타일 같아요"라고 하면 이렇게 답하는 거다. "그쪽은 여자들이 쉽게 볼 스타일 같아요." 꽤 괜찮은 것 같다.

어차피 듣는 거 더 세져보지 뭐.

②

묵묵히 일하면 조용히 묻힌다

아침부터 부서장의 표정이 심상치 않을 때가 있다. 이런 날이면 팀장은 출근과 동시에 부서장에게서 호출을 받았다. 직원들은 시기상 분기 실적 때문일 거라고 추측했다. 한참 후 고개를 바닥으로 푹 떨군 채 부서장실에서 나온 팀장은 팀원들을 소집했고, 역시나 실적 얘기를 했다. 회사 분위기가 좋지 않다는 말과 함께 부서장이 많이 예민하다는 얘기로 이어졌다. 이럴 때 빠지지 않는 부서장의 고정 멘트가 있었다. 바로 "늦게까지 남아서 일하는 직원 하나를 못 봤다"는 거다. 그러면 팀원들은 하나같이 '시대가 어느 땐데 아직도 야근 얘기인가' 하는 표정이었다.

그렇다고 해도 이런 날이면 옆 팀 남자 직원들은 약속이나 한 듯 퇴근 시간이 지나서도 집에 갈 생각을 하지 않았다. 아침에 한

소리 들었다고 그날 바로 전원 야근이라니. 참 단순하다 싶다가도, 그들이라고 그런 생각을 안 할까 싶었다. 눈에 뻔히 보이는 행동이지만 직원들이 이러면 부서장 입장에서도 더 화를 낼 수도 없고, 욱했던 마음도 가라앉아 앞으로 잘해보자 하고 넘어갈 수 있는 일이다. 더불어 이참에 '저희 열심히 하고 있습니다'라고 어필 한번 하는 거다.

상황이 이러다 보니 분위기가 안 좋다 싶은 날은 나 역시 퇴근 시간이 지나도 쉽게 발걸음이 떨어지지 않았다. 더욱이 우리 팀(전원이 여자다)에 남은 사람은 나밖에 없었기에(나는 아이 등교 시간에 맞춰 출퇴근 시간을 30분씩 늦추고 있었다) 나마저 퇴근해버리면 옆 팀과도 비교가 될 테고, 그러면 또 한마디 나올 것 같았다.

한번은 또 비슷한 상황이 되었다. 분위기가 이러니 오늘은 급한 일 아니면 조금만 천천히 가는 건 어떻겠냐고 팀원들에게 조심스레 말을 꺼내보았다. 반응이 별로 좋지 않았다. 일만 잘하면 됐지, 무슨 눈치까지 보냐는 표정이었다.

옆 팀 남자들은 분위기도 잘 살폈지만 어필에도 능했다. 70만큼 한 일도 100만큼 한 것처럼 보이게 하고, 우리 팀에서 다 한 일을 그쪽은 확인만 하고도 그쪽에서 다 한 것처럼 보이게 하는 능력이 있었다.

반면 우리 팀은 100만큼의 일을 하고도 70의 노력을 한 것처럼 굴었다. 정확한 이유는 모르겠다. 겸손인지, 70만큼의 노력으로도 이 정도의 결과를 냈다는 걸 어필하고 싶어서였는지는. 그러면서 옆 팀 남자들을 비난했다. 어떻게 저럴 수가 있냐며, 양심도 없냐면서.

어쩌다 회사 대표와 엘리베이터를 같이 타는 경우가 있었다. 그럴 때면 대표는 "요즘 그 부서는 많이 바쁜가?"라는 별로 궁금해 보이지 않는 고정 질문을 던졌다. 그러면 우리 팀원들은 필요 이상으로 성실하게 답했다. "바쁘긴 한데, 그래도 아직까지는 조금 여유 있는 편이에요." 남자 직원들은 달랐다. 좀 한가한 시기에도 망설임 없이 "네, 많이 바쁩니다"라고 했다. 개중에는 "아, 죽겠습니다"라며 엄살까지 부리는 사람도 있었다. 그러면 함께 있던 여자 직원들은 조용히 엘리베이터에서 내려 각자 자리로 흩어져서는 거의 동시에 메신저를 켰다.

"대~박! 자기들이 지금 바쁠 게 뭐가 있어? 이 정도면 한가한 편이지."

"그러니까. 사람이 어쩜 저렇게 뻔뻔해?"

"내 말이."

"근데 우리도 좀 배워야 하는 거 아냐? 우린 너무 겸손해."

"그런가?"

매번 말은 이렇게 하면서도 다시금 같은 상황이 되면 또 똑같았다. 그뿐이면 다행이었다. 누구 하나 자신이 한 일을 나서서 어필이라도 하면 뒷말이 난무했다. 혼자 일 다 하는 척한다는 둥, 튀고 싶어 난리라는 둥, 잔머리를 굴린다는 둥. 남이 한 일도 아니고 자기가 한 일 좀 인정받겠다는데.

이럴 때는 답답한 마음이 들었다. 요즘 같은 세상에서 어필도 어쩌면 하나의 능력인데, 여전히, 그것도 일터에서, 겸손을 미덕으로 여기고 있으니.

팀원들은 종종 말했다.

"윗사람들도 참 답답하지, 내용은 제대로 안 보고 그럴듯하게 포장만 잘하면 그쪽이 잘한 줄 안다니까."

"그러니까. 조금만 들여다봐도 금방 알 수 있는데 왜 그걸 모를까?"

윗사람들을 이렇게나 잘 알면 포장에도 조금만 노력을 기울여도 좋으련만. 70을 하고 100만큼 했다고 하진 않더라도, 100을 했으면 적어도 100만큼 한 티는 내야 할 것 아닌가. 누구는 그런 게 능력이라며 실무보다 보이는 것에 더 힘쓰기도 하는데. 그래서 인정받기까지 하는데.

여성들은 기껏 일 잘해놓고 마지막에 가서 어필을 소홀히 하거나 꺼리는 경우가 많다. 보면 다 알지 않냐면서. 보여주지도 않았으면서 알아봐주길 바라고, 몰라보면 답답해하고 섭섭해한다. 그러곤 다시 '언젠가는 알겠지'라며 묵묵히 일만 한다.

하지만 사람들은, 특히 조직의 윗사람들은 눈에 보이는 대로 본다. 깊고 자세히 들여다보는 수고를 들이지 않는다. 더 바쁘고 중요한 일도 많으니까.

일할 때만큼은 겸손은 미덕이 아니다. 어필에 능한 사람을 뒤에서 손가락질할 게 아니라 여성들도 적극적으로 어필해야 한다. 알아서 알아주는 일은 없다. 묵묵히 일만 하면 조용히 묻힌다.

3

신경이 쓰이는 데는 이유가 있다

지인 B를 만나고 오면 피곤했다. 내가 무슨 이야기를 하든 B는 "그건 그런 게 아니라"라며 불쑥 끼어들었다. 그러곤 자기가 더 잘 안다는 듯이 설명조로 말했다. 관심 가는 최근 사회 이슈라도 꺼내면 "그건 별로 중요한 게 아니고"라며 자신의 관심 분야로 화제를 돌렸다. 그러면서 내겐 가벼운 일상만을 물었다. 살이 빠진 것 같다느니, 취미 생활은 하고 있냐느니 하며.

B가 하는 얘기를 듣다 보면 가끔 '아닌 거 같은데?' 하는 순간이 있었다. 그럴 때 다른 의견을 내면 B는 목소리부터 달라졌다. 내 말이 채 끝나기도 전에 "이건 네가 생각하는 것처럼 그렇게 단순한 게 아니야"라며 퉁명스럽게 말했다. 일단 들어보자 싶어 잠자코 들어보면 특별히 복잡할 것도 없었다. 말만 장황할 뿐이지.

게다가 B는 나를 자주 대변하곤 했다. "그러니까 얘 말은"이라며 내 얘기에 말을 조금 보태서 다시 설명했다. 내 말이 어눌해서 알아듣기 힘들기라도 한 것처럼. 들을 때마다 의아했다. 무슨 대변인도 아니고 똑같은 얘기를 왜 또 하지? 혼자만 알아듣고 다른 사람들은 못 알아들었을까 봐?

남편에게 몇 번인가 B 이야기를 한 적이 있다. 가르치듯 말하는 것도, 내 말을 자주 무시하는 것도 이해하기가 힘들다고. 그럴 때마다 남편은 말했다. "신경 쓰지 마. 자기도 무시해." 이건 신경을 쓰고 안 쓰고의 문제가 아니라 B 행동 자체에 문제가 있는 거라고, 기본적으로 여성을 아래로 보기 때문에 그런 행동이 나오는 거라고 힘주어 말했지만, 남편은 이해하지 못하는 듯했다. '원래 그런 사람인가 보다' 하고 신경 쓰지 말라는 말이 돌아왔다. 마치 내가 예민한 것처럼.

그래서인지 맨스플레인(mansplain)이란 말을 처음 들었을 때 너무나도 반가웠다. "그래, 맞아. 내 말이 이 말이라니까. 내가 예민한 게 아니라니까" 하는 심정이었달까. 맨스플레인이란 말이 많이 알려지고 널리 쓰이기 시작한 이후론 긴 설명이 필요 없어졌다. "맨스플레인인데?" 한마디면 됐다. 간혹 모르는 사람이 있어도 찾아보라고 하면 끝이었다.

2008년 미국 웹사이트 '톰디스패치'에 리베카 솔닛이 쓴 '남자들은 자꾸 나를 가르치려 든다'라는 글이 실렸다. 이 글은 수많은 여성에게 공감을 얻었고 온라인상에서 빠르게 퍼졌다. 이후, 맨스플레인이라는 단어가 만들어졌고, 2010년엔 〈뉴욕타임스〉 올해의 단어로 꼽히고, 2014년엔 '옥스퍼드 온라인 영어사전'에 수록되었다.[1]

그간 나를 포함한 얼마나 많은 여성이 신경 쓰지 말라는 말을 들어왔을까. 얼마나 많은 여성의 말이 허공을 맴돌았을까.

신경 쓰지 말라는 말은 어려서부터 많이 들어왔다. 누군가의 배려 없는 행동과 무례한 말에 화가 잔뜩 나 있을 때면 사람들은 말했다. "신경 쓰지 마. 걔 원래 그런 거 몰라?"

회사에서 유별나게 여자 직원에게만 말을 함부로 하거나, 차별 섞인 발언을 아무렇지 않게 하는 상사가 있을 때도, 그냥 무시하라는 말을 들었다.

말끝마다 "여자는"이라며, 이런 건 여자가 하는 거라는 사람을 만났을 때도, 함께 있던 사람은 말했다. "너무 신경 쓸 필요 없어."

언뜻 들으면 내 정신 건강을 위해 하는 말 같지만, 잘 생각해보면 반대다. 신경 쓰지 말라는 것은 달리 말하면 참으라는 말이다. 문제 삼거나 더 이상 언급하지 말라는 말이다. 너무 예민하게 받

---

1 리베카 솔닛, 《남자들은 자꾸 나를 가르치려 든다》, 창비, 2021, 25~29쪽.

아들이지 말라는 말이기도 하다.

한동안은 정말로 신경 쓰지 않으려 노력했다. 하지만 뜻대로 되지 않았다. 그러면 그럴수록 더 신경이 쓰였다. 좋은 게 좋은 거 아니겠냐고 하는 사람이 있으면 누구에게 좋은 건지 따져 묻고 싶어졌다. 하지만 그러지 않았다. 그러면 '예민하다'에 더해 까칠하다는 말까지 나올 테니.

이제는 신경이 쓰이면 신경을 더 곤두세운다. 신경이 쓰이는 데는 분명 이유가 있다. 어느 때, 정확히 어떤 말이 거슬리는지, 그 안에 담긴 어떤 의미가 마음을 불편하게 하는지 찬찬히 살펴본다. 관련된 책이나 글이 있으면 찾아서 읽어보고 생각이 정리되면 여러 사람과 나눈다. 주로 공개된 SNS를 이용하는데 "굳이 그렇게까지 생각할 필요가 있을까요?"라는 쪽도 있지만 "맞아요. 공감해요" "듣고 보니 그러네요"라는 경우도 생각보다 많다. 그럴 때면 역시 나만 이상했던 게 아니었단 생각이 들어 더 많은 사람과 이야기를 나눠본다.

인식과 공감이 모이면 언어가 생기고, 언어가 생기면 사람들이 의식하게 되고, 의식하면 조금씩 변화가 찾아온다.

그러니 계속해서 신경 쓰고 싶다. 신경 쓰지 말라고 할수록 더. 그리고 더 많은 사람과 생각을 나누고 싶다. 그럴 때 사회는 더 나은 쪽으로 변해갈 테니까.

4

눈물 대신
말로

한 지인이 같이 일하는 직원이 도통 맘에 안 든다며 흥분해서 말했다. "도대체 여자들은 왜 그래?" 이유를 물으니 툭하면 운다는 것이다. 자기가 볼 때는 뭔가 불리하면 우는 것 같은데, 상사는 눈물에 약한 건지 그 직원이 울면 일단 원하는 대로 해준다며 불만을 토로했다. 딱히 할 말이 없었다. "여자가 다 그렇진 않아"란 말밖에는.

하루는 신입이 아찔한 실수를 저질렀다. 다행히 빨리 발견되어 수습할 수는 있었다. 신입이라 그랬는지, 상황이 수습되어서인지, 다음부터는 정신 똑바로 차리라는 정도에서 상사의 꾸지람은 그쳤다. 중요한 실수치곤 조용히 넘어간 편이었다.

생각보다 차분한 상사와 달리 신입은 몹시 당황한 눈치였다. 많이 놀랐나 보다 했는데, 파티션 너머로 흔들리는 신입의 어깨가 보였다. '우나? 설마…' 했는데 훌쩍이는 소리가 들렸다. 고개를 들어 살피려는데 신입이 황급히 일어나 자리를 떴다.

한참이 지나서야 들어온 신입은 눈이 빨개져서는 누가 봐도 운 티가 났다. 옆자리 선배가 일하다 보면 누구나 실수할 때가 있다며 달래주자, 신입은 젖은 목소리로 "제가 실수를 했다는 것 자체가 너무 속상해요"라고 했다. 고개가 갸웃거려졌지만 그만큼 잘하고 싶었나 보다 하고 넘겼다.

어느 날은 화장실을 갔는데, 옆 팀 K 대리가 울고 있었다. 동료 둘이 K 대리를 위로하듯 토닥이고 있었다. 무슨 일인가 싶었지만 모른 척했다. 대신 자리로 돌아와서 옆자리 후배에게 물으니 후배는 "부장님이 뭐라고 했다나 봐요"라고 답했다.

"K 대리가 잘못한 게 아닌데?"

"아니요. K 대리가 잘못하긴 한 거래요."

다시 묻지 않을 수 없었다.

"근데 왜 울어?"

"글쎄요. K 대리가 원래 마음이 좀 약해요."

그 뒤로도 K 대리가 우는 걸 몇 번인가 더 봤다.

첫 회사의 P 과장도 사무실에서 우는 일이 잦았다. 상사에게 싫은 소리를 들었을 때는 물론이고 누군가와 트러블이 생겼을 때도, 일이 많아 힘들다고 할 때도 눈물을 보였다. 처음엔 많이 놀랐다. 얼마나 심한 말을 들었길래, 얼마나 답답하고 힘들었으면, 보는 사람도 많은 사무실에서, 그것도 적지 않은 나이에 눈물을 보일까 했다. 다만 주변은 달랐다. 크게 신경 쓰지 않는 듯했다. 심지어 누군가는 얼굴을 찌푸리기까지 했다. 의아했지만, 나도 곧 그들과 같은 심정이 되었다.

회사에서 우는 이유는 대체로 이렇다. 억울해서, 답답해서, 속상해서, 미안해서, 화가 나서, 힘들어서….

전 회사에서 어떤 후배는 이렇게 말하기도 했다. "해달라는 대로 안 해주면 그냥 확 울어버릴까 봐요." 무슨 대단한 전략이라도 되는 듯.

아직 감정 표현과 의사 표시가 서툰 아이들은 울음으로 말을 대신한다. 아파도 울고, 원하는 게 있을 때도 울고, 자기 뜻대로 안 될 때도 운다. 미숙한 언어로 힘들게 말하는 것보다 우는 게 훨씬 편하고 효과적이다. 울면 바로 보호자가 관심을 보이고 알아서 살필 테니. 또 보호자에 따라서는 웬만하면 다 들어주기도 하니까.

하지만 눈물이 통하는 건 딱 유아기 때뿐이다. 초등학교만 들어가도 "울지 말고 말로 해. 그래야 알아듣지"라고 한다. 하물며 다 큰 성인이, 그것도 사적인 자리가 아닌 공적인 자리에서 말 대신 울음을 택하면, 유아기 때처럼 보살핌을 받기는커녕 미숙하거나 약하다는 인상만 남긴다. 그다지 좋은 전략도 아니다. 당장 원하는 결과는 얻을 수 있을지 몰라도 프로라는 생각은 들지 않는다. 그럴 때 나오는 말이 "여자랑 일하기 피곤해" "여자들은 감정적이야" 같은 것이다.

눈물을 쏟기 전에 먼저 자신의 마음부터 살펴봤으면 좋겠다. 단순히 '눈물 날 것 같아' 말고 구체적으로 어떤 게 마음에 걸리는지. 문제가 어디에 있는지, 나인지 외부인지. 내 문제면 마음을 다스리든, 실력을 쌓아가든 하면 될 테고, 그게 아니면 목소리를 내는 연습을 해야 한다. 그것도 정확하고 또렷하게. 웅얼거리는 소리에 사람들은 애써 귀를 기울이지 않는다.

목소리를 내려면 무엇보다 스스로 자신이 있어야 한다. 그래야 설득이든 주장이든 반박이든 할 수 있고, 냉혹한 비판도 겸허히 받아들이고 필요하다면 진심을 담은 사과도 할 수 있다.

눈물 대신 말하는 법을 배웠으면 좋겠다. 마음을 더 단단히 먹었으면 좋겠다. 물론 말이 안 통해서 눈물이 나는 걸 수도 있겠지만, 어쩌겠나. 사회에는 말 안 통하는 사람이 통하는 사람보다 훨씬 많은걸. 그때마다 울 게 아니라면 목소리 내는 연습을 하자. 눈물은 되도록 사적인 공간에서만 보일 일이다.

5

유리천장을 깨라고?

남편은 "여자 직원들은 욕심이 별로 없는 것 같아"라고 말하곤 했다. 여자들은 일이 남아 있어도 퇴근 시간이 되면 바로 퇴근해 버린다며, 급한 일이 있어 전화하면 전화도 잘 안 받는다며, 아무래도 여자는 남자에 비해 책임감을 덜 느끼는 것 같다고 했다. "워라밸도 좋지만 일하다 보면 하던 일은 마무리 짓고 싶을 때도 있을 텐데"라며 이해할 수 없다는 표정을 지었다. 그런 것들이 쌓이니까 윗사람이 보기에도 신뢰가 덜하고 결국엔 승진에서 불리하게 작용하는 것 아니겠냐는 말과 더불어.

나는 자주 일을 집으로 들고 왔다. 야근을 할 수 없어서였다. 제시간에 아이를 유치원이나 학원에서 픽업해야 했기 때문이었다. 저녁을 먹고 아이를 재우고 밤늦게 일을 시작하면 남편은 말했다.

"일을 너무 많이 주는 거 아냐? 무슨 일을 집에서까지 하게 해. 못 하겠다고 해." 마감이 코앞이라 주말에도 출근해야 할 것 같다고 하면 "꼭 그때까지 해야 해? 하루만 늦춘다고 해"라고 했다. 같이 일하는 여자 직원들을 향해서는 욕심과 책임감을 운운하고 그래서 승진이 어려운 거라던 사람이 같이 사는 아내는 욕심 따윈 내지 말았으면 좋겠는지.

글쓰기 모임에서 만난 M은 해외 주재원으로 근무할 기회가 있었다고 했다. 지원자를 받는다는 회사 공지를 보고 망설일 것도 없이 바로 지원했다고 했다. 꿈에 그리던 일이었기 때문이었다. 지원은 했지만 M은 탈락했고, 기회는 다른 남자 직원에게 돌아갔다. 이후 그 일은 잊고 있었는데, 하루는 상사가 M에게 주재원 얘기를 꺼내더란다. 어떻게 이제 막 결혼한 여자가 남편을 두고 해외에서 일할 생각을 했냐며, 욕심이 너무 많다고 했다나.

참 어렵다. 욕심이 없어 보여도, 많아 보여도 뭐라 하니 어쩌라는 건지.

지인 Y는 한 대기업에서 차장이자 팀장으로 일하고 있다. 딱 봐도 학교 다닐 때 모범생이었을 것 같다. 뭘 해도 열심이고 부지런하다. 일에 대한 열정이나 회사에 대한 애정도 상당해 보였다. 나이에 비해 빠른 승진은 그 덕분이기도 했다. 그런 Y가 어느 날 이렇게 말했다. "일은 참 재밌고 열심히 해서 팀장까지는 됐는데, 이

다음은 잘 모르겠어요. 다음은 어떻게 될지 잘 그려지지 않아요."

Y는 팀장 이상으로 가려면 업무 능력 외에도 필요한 것들이 있는데 자신으로선 역부족이라고 했다. 아직 아이들이 어려서 저녁 술자리 한번 참석하기도 쉽지 않은데 남자들끼리는 술자리는 기본이고 주말 골프 모임도 있는 것 같다며, 그 틈을 어떻게 비집고 들어가겠냐고 했다. 아무리 실력이 뛰어나다 해도 그런 친분을 뛰어넘긴 힘들지 않겠냐고. 그러면서 Y는 말했다. "그래서 열심히 하다가도 문득 이런 생각이 드는 거죠. 어차피 안 될 거 굳이 힘 뺄 필요가 있나."

김진아의《나는 내 파이를 구할 뿐 인류를 구하러 온 게 아니라고》엔 이런 대목이 있다.

> "공적 관계를 사적 교류로 전유하기. 이것이 남성 연대의 핵심이었다. 골프장에서, 등산로에서, 3차로 간 술집에서, 사우나에서 룸살롱에서… 중요한 회사의 결정은 정작 회사 밖에서, 업무 시간 외에 이루어지고 있었다. 내가 믿었던 '합리적 기업'은 이런 결정들에 의해 움직이고 있었다."[2]

누군가는 여자들은 욕심이 없다거나 적극적이지 않다고 할지

---

2 김진아, 《나는 내 파이를 구할 뿐 인류를 구하러 온 게 아니라고》, 바다출판사, 2020, 136쪽.

도 모르겠으나, 가능성이 어느 정도 있어 보여야 도전할 마음도, 용기도 생기는 법이다. 한 지인은 조직에 대해서 이렇게 말했다. "위로 갈수록 어쨌든 남자들 잔치잖아요." Y처럼 여성들이 열심히 하다가도 문득 굳이 힘 뺄 필요가 있나 하는 생각을 하는 이유다.

게다가 위로 갈수록 남은 여자 선배는 대체로 미혼이거나, 기혼자라도 아이가 없는 경우가 많다. 아니면 결혼을 늦게 해서 나이에 비해 아이가 한참 어리거나. 그 얘긴 결혼이나 출산보다 일을 우선시했다는 얘기다. 이런 것만 봐도 여성이 성공하는 데 결혼과 육아는 큰 걸림돌이라는 건 부인할 수 없는 사실이다. 그렇다고 이미 한 결혼을 무를 수도 없고. 게다가 아이들은 어쩌란 말인가. 뚜렷한 답이 없어 보인다.

어느 남자 선배는 이런 말을 하기도 했다. "솔직히 내가 상사라도 내 밑으로 남자를 두고 싶지, 여자를 두고 싶진 않을 거 같은데? 아무래도 같은 남자끼리 통하는 것도 있을 테고 같이 일하기도 편하잖아. 여자 쪽이 월등히 실력이 뛰어나지 않은 이상."

사정이 이런데도 사람들은 쉽게 말한다. 그깟 유리천장 깨부수라고. 안 될 게 뭐가 있겠냐고. 오랜 시간에 걸쳐 견고하게 다져진 사회 구조를 한 개인에게 부수고 나아가라고 한다. 혼자서 하다 하다 나가떨어지면 마치 개인의 문제인 양 그 사람의 노력, 의지, 실력, 끈기 등을 탓한다. 어떤 이는 소수의 몇몇 경우를 예로 들며,

유리천장이 있는 게 아니라 여성 개인들이 자질이 부족한 거라고도 한다. 높은 자리까지 올라간 여성이 유독 눈에 띄는 것 자체가 유리천장이 있다는 증거인데도 말이다.

유리천장은 개개인의 여성이 풀 문제가 아니다. 사회가 움직여야 하고, 그러기 위해선 남성이 동조하고 변해야 한다.

주변에 있는 많은 여성이 맘껏 욕심낼 수 있으면 좋겠다. 당당히 욕심을 드러낼 수도 있으면 좋겠다. 내 일이 아니라고 외면하지 말고 남성들이 함께 고민했으면 좋겠다. 당신의 아내가, 형제가, 동료나 친구 또는 선배가, 혹은 딸이 겪고 있거나 앞으로 겪을 일이다.

6

여자가 아닌데 어떻게 알지?

한 지인이 아는 동생은 누나가 타던 빨간색 소형 자동차를 물려받았는데, 그 빨간 소형차를 몰면서 그동안은 겪지 않았던 일들을 겪었다고 했다.

한번은 차선 변경을 했는데 뒤차가 계속 쫓아오면서 요란하게 빵빵거리더란다. 특별히 무리해서 들어간 것도 아닌 것 같은데 도대체 뭐가 문제인가 싶어 차를 갓길에 천천히 세웠다. 그러자 뒤차도 따라 서더니 운전자가 차에서 내렸다. 그래서 동생도 차 문을 열고 나갔는데, 순간 뒤차 운전자가 멈칫하더란다. 동생이 무슨 문제라도 있냐고 물으니 요란하게 빵빵거릴 때는 언제고 뒤차 운전자는 아니라며, 아무 문제 없다며, 그냥 가시라고 했단다. 이 얘기를 하면서 동생은 여자들은 운전도 쉽지 않겠다며, "내가 여자였으면 그 뒤에 어떤 일이 벌어졌으려나?"라고 했단다.

지인 S는 전직 은행원이었는데, 은행에서는 이런 일이 아주 흔하다고 했다. 같은 얘기를 해도 담당자가 여자냐 남자냐에 따라 고객의 태도가 달라지는 경우가 꽤 있단다. 여자 직원일 때는 시종일관 못 믿겠다는 표정과 어딘가 무례한 태도를 보이다가, 남자 직원만 나타나면 태도가 180도 달라지는 사람들이 생각보다 많다고. 그래서 좀 무례하다 싶은 고객이 있으면 남자 직원이 나선다고 했다. 직급이 더 낮아도 남자 직원 말에 더 귀 기울인다며.

다른 지인 J는 병원을 운영하고 있는데, 병원엔 가끔 일명 '진상' 손님이 온다고 했다. 이때도 여자 직원이 대응할 땐 아랑곳하지 않고 계속해서 소란을 피우다가도, 남자 직원이 나서서 무슨 일이시냐고 한마디만 하면 금세 조용해진다고 했다.

같은 제안을 해도 내가 했을 때와 남자 직원이 했을 때 반응부터 달랐던 적이 있다. 이사하고 인테리어 업체랑 트러블이 있었을 때도, 집에 어떤 문제가 생겨 수리 기사를 불렀을 때도, 내가 얘기할 때와 남편이 얘기할 때가 좀 달랐다. 내가 말하면 안 된다던 것들이 남편이 말하면 별문제 없이 해결되는 경우가 종종 있었다.

이럴 때면 어쩔 수 없이 내가 여자라서 이러는 게 아닌가 하는 생각이 든다. 여자라서 우습게 보는 거야. 여자라서 못 믿는 거야.

남편에게 이런 생각을 전하면 남편은 항상 비슷한 말을 했다. "설마 여자라서 그러겠어." 그러면서 오히려 원인을 나에게서 찾으려 했다. "자기가 말을 제대로 안 했나 보지." 때론 이러기도 했다. "자기가 너무 '착하게' 얘기해서 그래." 나쁘게, 혹은 거칠게 말해야 통하는 사회도 그리 정상적이라고는 할 수 없을 텐데.

어느 모임에서 이른바 '먼지 차별' 얘기가 나왔다. 반가운 마음에 여자라서 겪는 일들이 종종 있다고 했다. 대놓고 차별적인 발언을 하는 건 아니지만 태도에서 느껴지는 뭔가가 있는데 그럴 때면 기분이 썩 좋진 않다고 했다. 함께 있던 여성 대부분은 크게 공감했다. 남성들도 대체로 귀를 기울였지만, 그중 몇 명은 이랬다. "에이, 착각이겠죠. 요즘도 그런 사람이 있으려고요." "뭐, 예민하게 받아들이면 그렇게 느낄 수는 있겠네요." 어떤 이는 이러기도 했다. "그건 너무 피해자 프레임 같은데요. 여자들도 이제 그런 생각에서 벗어나야 해요."

내가 겪고 느꼈다는데 착각이라고 하면 더 이상 할 말이 없다. 나 역시 요즘도 이런 사람이 있나 싶지만, 있으니 있다고 하고, 겪었으니 겪었다고 하고, 기분이 나빴으니 나빴다고 하는 것뿐인데. 나 외에 다른 많은 여성이 느낀 것도 다 착각이고 예민함이라는 말인지. 이게 어떻게 피해자 프레임으로 이어지는 건지.

자신은 겪지 않았다고 해서 그런 일이 없다고 하는 건 꽤 편협하고 안일한 태도다. 더욱이 자신이 직접 겪지 않은 일을 판단하는 건 무례를 넘어 오만이다. 다쳐서 아프다는 사람에게 그건 아픈 게 아니라거나 다친 일 자체가 없었다고 하는 것과 마찬가지다. 이민경 작가는 차별 문제를 두고 이렇게 말했다. "당신이 흑인이 아닌데 흑인이 겪은 차별을 알고 싶다면 백인에게 들어야 합니까, 흑인에게 들어야 합니까? 또 그 경중은 누가 정해야 합니까?"[3] 《한국 남성을 분석한다》에서 엄기호는 오로지 자신의 경험에 기대어 세계를 해석하는 것을 지적 게으름과 후진성이라고 표현했다. 그러면서 "자신의 경험을 타인의 경험과 비교하며 자신의 위치를 성찰하는 것이 지성의 역할"[4]이라고 했다.

여성 중에서도 여성에게 피해자나 약자라고 하는 말이 듣기 싫다는 사람이 가끔 있다. 자기는 피해를 받은 것도 없고 약자도 아닌데, 왜 자꾸 여자는 약자니 피해자니 하냐고. 둘 중 하나라고 생각한다. 지적으로 게으르거나, 아니면 둔감하거나.

나는 겪지 않는 걸 다른 누군가는 겪고 힘들어한다면 그 차이는 어디에서 기인하는지, 내가 누리고 있는 혜택은 무엇인지, 내가 할 수 있는 건 무엇인지 정도는 생각해봐야 한다. 이런 것이 지성의 역할 아닐까.

---

3 이민경, 《우리에겐 언어가 필요하다》, 봄알람, 2021, 42쪽.

4 권김현영, 루인, 엄기호, 정희진, 준우, 한채윤, 《한국 남성을 분석한다》, 교양인, 2020, 160~161쪽.

7

지금 말하지 않으면

요 며칠 내내 한 대기업의 직장 내 성폭력 사건이 화제였다. 남성이 대부분인 이 회사에서 피해 여성은 3년간 성희롱 및 성추행을 당해오다 최근에는 성폭력까지 당했다고 한다. 기사를 읽다 한숨이 절로 나왔다. 대학 때 남자 선배나 동기들이 유머랍시고 던지던 "어차피 가슴이나 등이나 구분도 안 되는데…" 같은 유의 말과 변태스럽기 짝이 없는 행동 등이 나열되어 있었다.

댓글 하나가 마음을 더 복잡하게 했다. "저 정도 농담은 흔히 하지 않나. 별로 심한 것도 아닌데 오버하지 말길."

종종 주변에서 성차별적인 발언을 듣고 기분이 나빴지만 그냥 듣고 말았다는 여성들을 본다. 뭐라도 대꾸를 하지 그랬냐고 하면 이런 답이 돌아온다. "하면 뭐 해요. 안 바뀔걸." 그럼 다들 맞장구를 친다. "맞아, 안 바뀌지."

어느 유명 연예인의 성폭행 사건이 크게 화제가 됐을 때였다. 워낙 시끄러웠던지라 지인 몇 명이 모인 자리에서도 얘기가 나왔다. 화제가 되고 있긴 했지만 아직 정확한 판결이 나지 않은 상황이라 다들 말을 조심하는 눈치였다. 그러는 중에 C가 불쑥 나섰다. "근데 결혼 전이면 남자가 그럴 수도 있는 거 아냐? 돈도 많겠다, 유명하겠다, 뭔들 못해?" 주변은 순식간에 조용해졌고, 나는 잠시 내가 이 사건을 잘못 알고 있나 했다. 아니면 C가 잘못 알고 있거나. 그래서 물었다. "그냥 만났다는 게 아니라 성폭행을 했다는 거 아냐?" C는 "아니, 뭐…"라더니 더 이상 말을 잇지 않았다. 분위기를 살피는 듯했지만, 늦었다. 이미 C의 생각은 읽혔다.

이런 유의 사건이 일어날 때면 "술집 여자래" "그쪽도 보통 여자는 아닌 것 같더라" 같은 말이 자주 등장한다. 어떤 여자든 성폭행을 당해도 되는 여자는 없을 텐데.

이럴 때면 나 역시 그런 생각이 든다. 안 바뀌는구나.

TV 광고를 보다 보면 궁금해질 때가 있다. 왜 광고 속 여자들은 죄다 몸에 딱 붙는 원피스를 입고 있을까? 배경이 사무실인데 누가 사무실에서 저런 옷을 입지? 왜 소주 광고에서 소주보다 여자 가슴을 더 부각할까? 왜 아내는 매번 요리 아니면 청소를 하고, 남편은 신문을 읽고 있을까? 집 안에서 아이들과 전쟁을 치르는 건 왜 늘 아내이고, 늦은 밤 지친 표정으로 퇴근하는 건 늘 남편일까?

몇 해 전, 한 자동차 광고가 눈에 띄었다. 배경은 동창회였다. A가 옆자리에 있는 정우를 보고 묻는다. "정우야, 너 외제 차로 바꿨냐?" 정우가 "에이, 그거 얼마 안 해"라고 하자 A는 기특하다는 듯이 "성공했네. 으이구"라고 한다. A는 이번엔 "아, 맞다"라며 앞에 앉은 유경을 보고 말한다. "유경아, 너 이번에 승진했다며? 그럼 넌 차 안 바꿔?" 유경은 답한다. "굳이… 회사에서 차 나오는데 뭐." A는 속으로 생각한다. '벌써 임원?' 그때 유경은 동창들을 향해 조용히 말한다. "오늘 내가 살게." 그러자 친구들이 다 같이 환호한다.

이런 광고도 있었다. 보일러 광고였는데 남편이 딸아이의 머리를 묶어주고 아내는 가구 조립을 하고 있었다. 남편 손엔 빗과 머리끈이, 목장갑을 낀 아내 손에는 나무망치가 들려 있었다.

둘 다 신선하다 싶었지만, 특별히 어색할 것도 없었다. 세상 참 안 변한다, 5년 전이나 10년 전이나 다를 게 없네, 싶다가도 이런 광고들이 하나씩 눈에 띄고 별 거부감 없이 생활 속에 스며들면 작은 위안이 된다. 그래도 알게 모르게 조금씩 변하고는 있나 보다, 싶어서.

나의 할머니는 남편 될 사람 얼굴도 모른 채 결혼했다고 했다.

엄마는 여자라는 이유로 교육을 제대로 받지 못했다. 나는 적어도 그런 일은 겪지 않았으니 변화하고 있음은 틀림없는 사실인 것 같다.

난 딸은 없지만, 만약 있다면 그 딸은 나중에 이런 말을 했으면 좋겠다. "우리 엄마 세대에는 '독박 육아'란 말이 있었다고 한다. 믿기 어렵지만 육아를 여자 혼자 도맡는다는 뜻이다. 그런 탓에 여자는 중간에 경력이 단절되는 일이 많아 '경단녀' 같은 말도 생겨났다고 한다. 적어도 지금은 그런 말은 없어 다행이다."

소스타인 베블런은《유한계급론》에서 다음과 같은 말을 했다.

> "인간의 사고방식을 변화된 외부 상황의 요구에 절충시키는 과정은 아무래도 느리고 마지못한 과정일 수밖에 없다. 변화된 상황이 기존의 공인된 견해를 더 이상 유지할 수 없다고 압박을 가해야만 비로소 바뀌기 때문이다. … 만약 사회 내의 어떤 부분이나 계급이 본질적인 의미에서 환경의 작용으로부터 보호되어 있다면, 그들의 사고방식이나 생활양식은 전반적으로 변화된 상황에 더욱 더디게 적응할 것이다. 더 나아가 사회적 변화의 과정을 지연시키려고까지 할 것이다."[5]

---

5 소스타인 베블런,《유한계급론》, 현대지성, 2021, 190~191쪽.

많은 걸 누리고 있는 사람들은 변화의 필요성을 느끼지 못한다. 혹은 원하지 않거나. 남자가 그럴 수도 있지 뭐가 문제냐고 하는 것처럼. 그들에겐 '그럴 수도 있지'라는 보호막이 있는 지금이 편할 테고 당연히 그런 보호막이 사라지는 건 바라지 않을 것이다. 그렇다면 온몸으로 변화를 막을 수밖에.

이런 이들은 더 이상 기존의 사고방식으로는 살아갈 수 없다는 사실이 위협처럼 다가와야 그나마 조금씩 변화를 받아들일 준비를 한다. "지금이 어느 땐데, 이제는 그런 말 하면 큰일 나요"라는 말을 들어야 마지못해 변화를 따라간다. 그마저도 그런 말을 해주는 사람이 없으면 오히려 변하는 세상을 향해 노여움을 드러낸다. 세상이 어떻게 돌아가는 건지 요새는 별게 다 문제라며. 이런 사람이 많을수록 변화는 늦어진다.

그러니 계속해서 말해야 한다. 그건 좀 아닌 것 같다고. 그 말엔 차별적인 요소가 들어 있다고. 그럴 의도는 아니었다는 말은 이제는 통하지 않는다고. 그래야 그 정도 농담도 못 하냐는 뻔뻔한 말이 돌아오지 않고, 생각 없이 뱉던 말을 한 번씩 돌아보기라도 할 테니까. 이럴 때 사회는 더디더라도 조금씩 더 나은 방향으로 나아간다.

대신 지금 할 말을 삼키면 다음 세대도 크게 다르지 않을 것이다. 지금 말해야 한다.

8

철들어도 안 죽는다

고민을 상담해주는 TV 프로그램이 있었다. 거기선 남편 때문에 고민이라는 사연이 종종 소개됐는데, 상황은 조금씩 달랐지만 전반적인 내용은 같았다. 남편이 가정은 뒤로한 채 자기 하고 싶은 대로만 하며 산다는 거였다. 주로 매일 늦게까지 사람들과 어울리며 술을 마신다거나, 집에 있어도 육아는 나 몰라라 하고 혼자서 게임이나 프라모델 조립 같은 취미 생활에만 푹 빠져 있다는 내용이었다.

남편들의 항변은 대체로 비슷했다. "나는 '원래' 이런 사람이다. 아내가 나를 좀 이해해줬으면 좋겠다"였다. 그러나 아내의 입장은 생각해봤냐는 출연진들의 질문에는 답하지 못했다.

방송에 나오지만 않았을 뿐, 이런 남자들은 주변에서도 꽤 봤다. 그들이 하는 말도 똑같았다. "남자가 사회생활 하다 보면 그럴 수 있다." "남자를 너무 구속하지 마라. 남자는 자기 시간이 필요한 존재다." 아내는 안 그러겠냐고 물으면, 이런저런 구차한 변명을 늘어놓다가 안 통한다 싶으면 불쌍 모드로 돌입했다. 남자들이 얼마나 불쌍한 줄 아냐, 이런 건 여자들이 좀 이해해줘야 한다며.

남편은 한동안 술 먹고 늦는 것에 더해 늦은 시간에 전화까지 걸었다. 그러곤 취한 동석자를 바꿔줬다. 주로 회사 후배나 동료였는데, 뭐가 그렇게들 기분이 좋은지 그 밤중에 상기된 목소리로 "형수님!" 혹은 "제수씨!"를 외쳐대며 과하게 친한 척을 했다. 취한 사람이나 즐겁지, 하루 종일 일하고 집에 와서 가사에 육아까지 하느라 지친 사람도 즐거울까.

아빠는 무슨 날이면 집으로 사람들을 초대했다. 가볍게 집에서 식사나 하자며. 정작 손님을 치러야 하는 엄마 생각은 하지 않는 듯했다. 아빠가 사람들을 초대한 날은 엄마는 하루 전부터 장을 보고 재료 손질을 했다. 당일엔 하루 종일 음식 준비에 손님 접대에 쉴 틈이 없었다. 물론 아빠는 엄마가 후식으로 과일이나 차를 내올 때까지 편히 앉아 손님들과 즐겁게 대화를 나눴다. 아빠가 엄마 눈치라도 봤으면 했지만, 엄마가 크게 폭발하기까지 아빠는 전혀 엄마 상태를 파악하지 못했다.

지인의 시아버지는 어머님이 아파 누워 있는데 마치 큰 배려라도 하듯 이런 말을 했다고 한다. "내 밥은 신경 쓰지 마."

한 유명인은 남편이 자신의 어릴 적 로망이었다며 거실을 온통 오락기로 채웠다고 했다. 심지어는 자동판매기까지 들였다고. 그녀의 목소리엔 체념과 해탈이 묻은 듯 보였다.

어느 방송인은 부부싸움을 하면 남편은 꼭 부부싸움 사실을 시어머니에게 구체적으로 알린다고 했다. 그래서 어머니에게 걱정도 끼치게 하고 더불어 아내도 한 소리 듣게 했다고.

이럴 때 사람들은 말한다. 남자들은 철이 없다고. 남편은 나의 이런저런 지적에 적당한 핑계가 없으면 늘 이렇게 말한다. "내가 좀 철이 없잖아." 나는 묻는다. "그놈의 철은 언제 드는데?" 그러면 남편은 "언젠가는 들지 않겠어?"라며 너스레를 떤다.

오십이 넘은 어느 남자 지인은 말했다. "남자가 원래 철이 늦게 들잖아."

육십이 넘은 어느 남자 배우는 이렇게 주장했다. "남자는 죽을 때까지 철이 안 들어."

어떤 사람은 아예 이렇게까지 말한다. "남자는 철들면 죽어."

농경사회에서는 절기가 중요했다. 철에 따라 해야 할 일이 있었기 때문이다. 철부지(철不知)란 말도 철을 모르는 사람이란 뜻에서 비롯된 단어다. '철들다'란 철의 변화를 안다는 뜻에서 시작되어 지금은 사리를 분별하여 판단하는 힘이 생기는 걸 의미한다.

사전적 의미는 이런데, 내가 생각하는 철이 든다는 건 '더불어 살 줄 알게 되는 것'이다. 세상을 살아가다 보면 누군가와는 더불어 살게 된다. 더불어 살기 위해서는 타인을 이해하고 존중할 줄 알아야 하고, 자기 결정과 행동에 책임질 줄 알아야 하고, 말과 행동을 자제하고 절제할 줄 알아야 한다.

평생 철들고 싶지 않다는 남자들을 본다. 세상과 타협하면서 구속된 삶을 살고 싶지 않다며, 하고 싶은 대로 하면서 살고 싶다고 한다. '철들다'라는 말을 잘못 이해하고 있는 게 아닌가 싶다. 철이 든다는 건 꿈과 자유를 포기한다는 뜻이 아니라, 주위에 피해를 주지 않으면서 그것들을 조절해나가는 힘을 갖는 걸 의미한다.

그런 뜻에서 남자는 철이 안 든다는 말은 틀린 말이다. 남자는 철이 안 드는 것이 아니고 철들고 싶지 않은 것이다. "남자는 죽을 때까지 철이 안 든다"는 말로 맘껏, 그리고 계속, 철부지 같은 행동을 하고 싶을 뿐이다. 게다가 많은 사람이 "남자는 원래 그래"라며 이해하고 넘어가주니까 점점 더 어린애 같은 행동을 해가며 스스로 돌봄이 필요한 존재라고 어필한다. 남자는 철이 안 드는 것이 아니라, 더불어 살기 위한 노력 대신 배려받고 이해받는 삶을 계속해서 영위해나가고 싶은 것이다.

철들고 싶지 않다는 말은 누군가의 희생을 발판 삼아 열심히 이기적으로 살아보겠다는 뜻인지도 모르겠다.

9

말도 업데이트가 필요하다

대학 때 동기들과 한참 말장난을 하며 놀다 보면 막판에 꼭 이런 말이 나왔다. "아휴, 이걸 그냥 확." "에효, 한주먹 거리도 안 되는 것들이." 남자 동기들이 하는 말이었다. 가끔은 손까지 들어 올리며 당장 한 대 치기라도 할 듯한 포즈도 취했다. 장난처럼 하는 행동이었고 다들 웃고 넘어가는 분위기였다. 나 역시 별 대꾸 없이 웃고 말았지만 썩 유쾌하진 않았다. 내내 동등하다가 그 한마디면 힘의 논리상 어쩔 수 없이 약자가 되는 기분이었다.

남자 선배 중에서는 시시때때로 성적 농담을 던지는 사람도 있었다. 이때 수줍어하면 재밌다는 듯 정도가 더 심해졌다. 그래서 일부러 맞장구도 치고 더 세게 나가기도 했는데, 하루는 한 선배가 하는 말이 농담으로 들리지 않았다. 진심이 느껴졌다. 대꾸하고 싶지 않았다. 할 수 없었다는 게 더 정확할지도 모르겠다. 못 들은 척하고 계속 다른 이야기를 하는데, 선배는 이런 내 마음을 알아챘는지 "어쭈, 못 들은 척하네?"라더니 이렇게 말했다. "야, 넌 내가 맘만 먹으면…. 으이구, 아니다." 맘만 먹으면 날 어떻게든 할 수 있다는 얘기였고, 그는 충분히 물리적 힘으로 그럴 수 있는 존재였다. 난 순간 섬뜩함과 더불어 심리적 위축을 느끼지 않을 수 없었다.

한번은 회사에서 한 여자 직원이 남자 상사에게 따로 불려가서 꾸지람을 들었다고 했다. 이유는 말대꾸를 했다는 것. 남자 상사는 어린 여자 직원이 자기 말에 하나하나 반박하는 게 영 못마땅했나 보다. 꾸지람이라고는 했지만, 상사는 일방적인 비난에 가까운 말들을 쏟아부었다고 했다. 대체로 납득하기 어려웠지만 그중에 가장 어이없던 말은 상사가 혼잣말처럼 한 "한주먹 거리도 안 되는 게 어디서 말대꾸야"였다고 했다.

비록 실제로 폭력을 휘두르진 않았지만 이건 분명 폭력적인 말이다. 그는 충분히 그럴 만한 힘을 가진 사람이니까. 이 직원도 내가 대학 때 느꼈던 것과 같은 감정을 느꼈으리라 짐작한다.

부모님 세대나 그보다 더 윗세대에서는 여성에 대한 폭력을 가볍게 여겼다. 그런 탓에 그 모습을 보고 자란 아래 세대들(대학 선배나 동기, 회사 상사 등)도 별생각 없이 따라 하고 흉내 냈겠지만, 지금은 다르다. 지금은 어떤 폭력이든 심각한 사회문제로 다루고 있다.

그럼에도 불구하고 여전히 시대착오적인 말과 행동을 하는 사람들이 있다. 얼마 전에 한 남자 지인은 커피숍에서 옆 테이블에 있는 여자들 목소리가 너무 커서 눈치를 줬는데 오히려 싸늘한 눈빛이 돌아오더라며 이런 말을 했다. "막상 붙으면 한주먹감도 안 될 거 같던데."

좀 놀랐다. 공공장소에서 시끄럽게 떠든 사람들도 잘한 건 없어 보였지만, 그렇다고 어떻게 주먹 생각부터 할까. 한 대 칠 수도 있다는 얘기냐고 묻자, 그는 그냥 한 말인데 뭘 그렇게 진지하게 받아들이냐며 오히려 정색했다. 그냥 하는 말을 왜 굳이 이런 식으로 할까? 옆 테이블 사람들이 남자였어도 이런 식으로 말하고 생각했을까? 여러 생각이 들었다.

자신이 가진 무기(권력이든 힘이든)를 슬쩍슬쩍 내비치며 "난 마음만 먹으면 언제든 이걸 휘두를 수 있어"라고 하는 건 어떤 의미에서도 절대 농담이 될 수 없다. 그 말 속엔 '그러니 함부로 까불지 마. 적당히 해'란 뜻이 담겨 있다. 아무리 별 뜻 없이 한 말이라고 해도 약자에겐 협박과 폭력으로 다가갈 수 있다. 어느 순간 자기도 모르게 위축되고 스스로 행동을 통제하고 자제하게 만들기 때문이다.

또 누군가 용기 내어 그 말은 좀 불편하다고 했을 때 '그런가?'

라며 상대방 입장을 헤아려보는 대신 "참, 요즘은 무슨 말을 못 한다니까. 뭐가 그렇게 불편한 게 많은지"라고 하는 것 역시 일종의 폭력이 아닐 수 없다. 더 이상 입을 열지 못하게 해 상대를 무력하게 만드는 일이니까.

김하나 작가는《말하기를 말하기》에서 "말은 생물이어서 말과 말을 둘러싼 맥락은 내가 죽는 날까지 계속해서 변화할 것이고 나는 힘닿는 한 업데이트를 계속해야 할 것이다"[6]라고 했다. 전에는 없던(혹은 모르고 지나쳤던) 새로운 감수성이 계속해서 생겨나고 있다. 습관처럼 하는 말, 예전부터 들어와서 생각 없이 하는 말, 다들 쓰니까 따라 쓰는 말. 어느 쪽이든 내가 하는 말을 한 번씩 돌아봐야 한다. 나도 모르게 내 말이 누군가를 공격하거나 비난하거나 비하하는 건 아닌지. 그렇다면 반드시 업데이트해야 한다. "이 말이 왜? 요즘은 무슨 말만 하면 비하고, 혐오래. 참 피곤한 세상이야" 같은 말은 일단 넣어두고, 내가 미처 생각하지 못하고 보지 못한 부분은 뭔지, 지금까지와는 다른 시각에서 살펴봤으면 좋겠다. 불편하다는 데는 이유가 있다. 내가 그 입장이 아닌 이상 "그 말이 뭐가 어때서?"란 말은 삼가야 한다.

아이가 어릴 때 난 가끔 "너, 그럼 엄마가 ○○○ 안 해줘(안 사

---

6 김하나,《말하기를 말하기》, 콜라주, 2020, 190쪽.

줘)" 같은 말로 아이를 통제했다. ○○○에는 보호자로서 당연히 할 일이면서 동시에 아이는 전적으로 어른에게 의지할 수밖에 없는 일들이 들어갔다. 물론 진심이 아니었고 어느 땐 장난처럼 하기도 했지만, 아이에겐 협박이 되는 말이었을 거다. 어릴 때 엄마는 내가 말을 안 들으면 "너, 그럼 갖다 버린다"라고 했다. 진심이 아니라는 건 알았지만, 나를 불안하게 하기에는 충분했다.

지금은 부모가 아이에게 이런 말을 하면 주위로부터 비난의 눈초리를 받는다. 한 세대 전만 해도 아무렇지 않게 하던 말에 새로운 감수성이 더해져 이젠 생각 없는 부모로 인식된다. 별생각 없이 한 말이라고 항변해봤자 "생각을 너무 안 하는데? 누가 요즘 애한테 저런 말을 해?"라는 질책만 듣게 될 거다.

말은 역시 생물이다. 그래서 인식의 변화를 민감하게 캐치하고, 쓰는 말도 끊임없이 업데이트해야 한다.

10

뭘 또 새삼스럽게 따져

아이가 여섯 살인가 일곱 살쯤 되었을 때다. 집 앞 놀이터에서 친구와 둘이서 그네를 타고 있었다. 나와 친구 엄마는 그네에서 몇 발짝 떨어진 벤치에 앉아 아이들을 주시하며 이런저런 이야기를 나누고 있었다.

좀 불안하다 싶었는데, 아니나 다를까, 아이가 그네에서 쿵 하고 떨어졌다. 뒤로 갔던 그네가 앞으로 튕겨 오면서 아이 머리를 쳤다. 얼른 뛰어가 흔들리는 그네를 멈춰 세우고 넘어진 아이를 일으켰다. 다행히 머리는 괜찮았는데 무릎이며 손바닥이 바닥에 쓸려 까지고 피가 맺혔다. 아이는 아프기도 하고 많이 놀랐는지 크게 소리 내어 울기 시작했다. 우는 아이를 안아 달래려는 순간, 친구 엄마가 멀찍이서 소리쳤다. "괜찮아. 뭘 그런 걸 갖고 남자가 창피하게 울어. 뚝!"

친구 엄마와는 간단히 인사를 나누고 아이를 데리고 곧장 집으로 돌아왔다. 아이 손과 무릎에 약을 바르고 밴드를 붙여주는데, 생각할수록 기분이 좋지 않았다. 이 어린아이가 살갗이 벗겨지고 피가 나는데 남자니까 울지 말라니. 남자아이는 울지도 못하는 건가. 난 아이에게 말했다. "울어도 돼. 아프면 울 수도 있는 거지."

한 지인의 아들은 활동적인 걸 별로 좋아하지 않는다. 대신 책을 좋아한다. 내가 나중에 큰 사람이 되겠다고 하자, 지인은 "큰 사람은 무슨"이라며 한숨을 내쉬었다. 남자애가 밖에 나가서 친구들하고도 어울리고 운동도 하면 좋을 텐데 걱정이라며.

한 친구의 아들은 마음이 여리고 섬세하다. 그런 아들을 두고 친구 남편은 늘 "사내 녀석이 털털한 면도 있어야 하는데"라며 못마땅해한다고 했다.

또 다른 친구의 아들은 신중하고 조심성이 많은 편인데, 할머니 할아버지는 매번 무슨 남자애가 저렇게 겁이 많냐며 놀리듯 말한다고 했다.

남자 되기는 참 어려운 것 같다. 아파도 꾹 참아야 하고, 외향적이고 운동도 잘해야 하고, 털털해야 하고, 자신감은 있되 겁은 없어야 한다. 이뿐인가. 남자는 적극적이어야 하고, 욕심도 있어야 하고, 그런 만큼 능력도 있어야 하고, 힘도 세야 하고, 마음도 단단

해야 한다고 한다. 흔히 쓰는 '남자답다'란 말엔 이 모든 것들이 들어간다. 과연 이런 남자가 세상에 있을까. 남자도 사람인데 약할 때도 있고 못 하는 것도 있고 겁이 날 때도 있는 건데, 히어로물에 나오는 영웅 캐릭터나 가능할까.

세상엔 친구나 지인의 아들처럼 다양한 모습과 성향을 가진 남자들이 있지만, 사람들은 정해진 틀에서 벗어나는 모습을 그다지 선호하지 않는다. 조금이라도 벗어나면 "남자답지 않게" "사내자식이" 같은 말로 멘털을 흔들어놓는다. 그러면 힘들고 내키지 않더라도 남자답기 위해 그 틀에 자신을 끼워 맞출 수밖에 없다. 구속에 가깝다. 내 아들만큼은 이런 말도 안 되는 남자의 구속에서 벗어나게 해주고 싶었지만, 그리 쉽진 않은 것 같다.

이제는 고등학생이 된 아들이 하루는 어떤 영상을 보여주며 말했다. "엄마, 이거 봐봐. 완전 상남자지?" 영상엔 한 남자가 맨손으로 말벌을 잡는 모습이 담겨 있었다. 나는 놀라서 "위험한 거 아냐? 이걸 왜 맨손으로 잡아?"라고 하자 아들은 말했다. "그러니까 상남자라는 거지." 남자답다는 것도 모자라서 상남자라니.

물론 아들은 재밌자고 한 말이었겠지만, 웃고 넘기기엔 마음 한구석이 계속 찜찜했다. "그런 말이 남자를 더 힘들게 하는 거야." 웃는 얼굴에 찬물을 끼얹듯 기어이 한마디를 했다. 아들은 잔뜩 인상을 찌푸리며 말했다. "아휴~ 그냥 웃자고 하는 말이잖아.

엄마는 너무 예민해." 좀 머쓱하긴 했지만, 해야 할 말을 했다고 생각했다.

남자에게 '상남자'가 있다면 여자에겐 '천생 여자'가 있다. 요즘은 '여자여자하다'고도 하는데 상남자 이미지와는 완전 반대다. 여리여리하고, 수줍음 많고, 얌전하고, 조용하고, 청순한 이미지다. 천생 여자나 여자여자하다는 말을 칭찬처럼 듣고 말하는 걸 보면 여러 생각이 든다. 우리 사회는 아직도 여성들에게 이런 모습을 바라는 건가. 아니면 아들이 말하는 것처럼 깊은 뜻 없이 그냥 하는 말인가.

예민하다면 예민한 걸 수도 있겠지만, 한 번쯤은 생각해봐야 하지 않나 싶다. 별생각 없이 하는 말이 어느새 생각을 바꾸고 행동을 바꾸기도 하니까.

별 뜻 없이 하는 말이라지만 '남자답다'나 '상남자' 혹은 '여자여자하다'나 '천생 여자' 같은 말을 계속 듣고 자라면, 여자는 약하디약해서 남자에게 의존해야 하고 남자는 그런 여자를 이끌고 항상 여자보다 강하고 우위에 있어야 한다고 자신도 모르게 생각하게 된다. 그러면 여자보다 뛰어나지 않은 남자는 열등감이 생기고, 혹시 여자보다 못한 건 아닐까 하는 불안감에 사로잡힌다. 이런 불편한 마음은 고스란히 여자에게 전해져서 이유 없이, 때론 일부러 여자를 무시하거나 비난하거나, 혹은 여자를 화풀이 대상으로 삼는 태도로 이어질 수 있다. 과한 생각은 아닌 것 같다.

나이지리아 출신 소설가 치마만다 응고지 아디치에(Chimamanda Ngozi Adichie)는 2012년 테드×유스턴 강연에서 다음과 같이 말했다.

> **"우리가 무엇보다 남성에게 저지르는 가장 끔찍한 일은 남자는 강해야 한다는 믿음을 심어서 그들에게 깨지기 쉬운 자아를 남기는 것입니다. 더 강한 사내를 강요할수록 더 약한 자아를 갖게 됩니다. 그리고 우리는 여자아이에게 더욱 끔찍한 짓을 저지릅니다. 남자의 그 약한 자아에 자신을 맞추도록 가르치기 때문이죠."**

내가 이런저런 말을 따지고 들면 남편은 말한다. "뭘 또 새삼스럽게 따져. 그냥 재미 삼아 하는 말인데."

새삼스러울 필요가 있지 않을까. 습관처럼 쓰는 말도 새삼스러운 눈으로 한 번씩 돌아봐야 한다. 내가 하는 말에 어떤 의미가 들어 있는지, 그 말이 누구에게 어떤 영향을 끼치게 될지, 전혀 새로운 말을 대하듯 가끔은 찬찬히 살펴볼 필요가 있다. 살펴보다 보면 이상한 말들이 제법 많다. 새삼스러워지자.

11

먼지 차별은 절대 가볍지 않다

지인 S는 종종 팀장급 캔미팅을 공지조차 받지 못하는 일이 있다고 했다. 처음엔 실수인가 보다 했고, 썩 유쾌하진 않았지만 중요한 얘기가 있으면 따로 알려주겠지, 라며 크게 신경 쓰지 않았다고 했다. 하지만 이런 일은 반복됐고, 더 이상 실수라고 생각할 수 없었다. 나는 왜 부르지 않냐고 물어볼까도 싶었지만 이제 와서 굳이라는 생각이 들면서 매번 마음을 접었다고 했다. 그러면서 S는 마치 스스로를 납득시키려는 듯 말했다. "대수롭지 않은 모임이었을 수도 있고 여자가 없는 게 편해서일 수도 있는데, 눈치 없게 구는 거 아닌가 싶기도 하고." S는 이젠 오히려 묻는 것 자체가 자존심이 상할 것 같다며, 끝까지 모른 척할 생각이라고 했다.

S는 그저 밥 먹다 생각났다는 듯 별 얘기 아닌 것처럼 이야기

를 꺼냈지만, 느낄 수 있었다. 여전히 신경이 쓰인다는 걸.

"그래도 한번 물어보지. 단순한 실수였을 수도 있고 다른 이유가 있을 수도 있잖아요."

"구차하잖아요. 나도 끼워달라고 애원하는 것 같고. 안 가면 그만인데 뭐."

친구 K의 부모님은 집안에 행사가 있을 때면 모임에 와준 어른들에게 감사 인사를 하라며 집안 대표로 첫째 딸인 K 대신 K의 남동생을 앞세웠다고 했다. 손님들에게 가족 소개를 할 때도 K보다 남동생이 늘 먼저라고 했다. 그러면서 부탁할 일이 있을 땐 언제나 K를 찾는다고. 이런 일이 있을 때마다 K는 기분이 상했지만 굳이 말하기도 그렇다고 했다. 어찌 생각하면 별것도 아닌 일인데 말을 하자니 왠지 구차해지는 것 같다며. 어려서 몇 번인가는 섭섭한 표시를 냈는데, 부모님은 그때마다 별걸 다 신경 쓴다며, 그렇게 속이 좁아서 나중에 사회생활이나 제대로 하겠냐며 오히려 K를 나무랐다고 했다. 사소하게 감정을 상하게 하는 일은 지금도 있지만, K는 이젠 아예 입을 열지 않는다고 했다.

구차하다는 말이 어떤 건지 잘 안다. 전 직장에서 부장은 여자 직원들을 부를 때 직함을 붙이지 않고 마치 동생 부르듯 이름만 불렀다. 게다가 늘 반말이었다. 나름 불편한 기색을 보이기도 했지만, 부장은 크게 신경 쓰지 않았다. 일하면서 계속 호칭이나 말투에 신경 쓰는 게 점점 피곤하게 느껴졌다. 나중엔 '오래 봐서 편한가 보지'라며 대충 이해하고 넘어가기로 했다. 정식으로 요청하기도 뭔가 구차하게 느껴졌다. 호칭에 연연하는 사람 같고 '이제 와서 뭘 굳이'라는 생각도 들고. 거기다 말해봤자 대수롭지 않게 여길 부장의 반응도 그려져서 좀처럼 입이 떨어지지 않았다.

그러던 어느 날, 부장은 정도를 넘었다. 그날 특히 기분이 안 좋았던지 평소보다 말을 더 편하게 했다. 듣다 듣다 안 되겠다 싶어 정색하고 물었다. "근데 왜 계속 반말을 하세요?" 부장은 꽤나 당황한 듯 보였다. 이후로 그의 말투엔 변화가 생겼다.

이보다 더 구차한 일은 얼마든지 있다. 나는 일하는 내내 애는 누가 보냐, 애는 몇 살이냐는 말을 듣다가, 퇴직하는 날까지 "애가 좋아하겠네"란 말을 들었다. 10년 넘게 같이 일했는데, 결국 마지막까지 나는 그저 애 엄마였나 싶었다. 내게 물을 게 애밖에 없냐고 묻고 싶었지만 차마 그러진 못했다.

아이 학교에 상담하러 가면 함께 온 남편에게 선생님들은 한결같이 물었다. "어떻게 아버님까지 같이 오셨네요?" 난 그때마다 묻고 싶었다. "아빠는 부모 아닌가요?"라고.

한 지인은 법인 대표인데 대표님이라는 말보다 사모님이란 말을 더 많이 듣는다고 했다. 그렇다고 "대표님이라고 불러주세요"라는 것도 좀 그렇지 않냐며 매번 거슬리지만 그냥 듣고 있다고 했다.

일상생활에서 벌어지는 이런 '먼지 차별'은 사소해 보이기도 하고 작정한 나쁜 의도가 있어 보이진 않지만 당하는 입장에서는 생각할수록 불쾌하다. 생각할수록 불쾌한 일이라 그 자리에서 즉각 대처하기도 쉽지 않다. 뒤돌아서고 나면 '아, 아까 한마디 할걸' 하는 경우가 대부분이다. 그렇다고 나중에 따로 얘기하자니 속이 좁아 보일 것 같고 말하기도 구차하다. 말하면 왠지 나만 예민하고 까칠한 사람이 되는 것 같다. 그래서 불쾌해도 매번 그냥 넘어가게 된다. 그냥 넘어가는 것치곤 이런 일은 그리 가벼운 일이 아니다.

이런 일이 반복되면 나를 무시하나 싶은 생각이 든다. 자존심도 상하고, 혼자 주눅이 들기도 한다. 그러는 내 모습이 작아 보여 무기력해지기까지 한다. 때론 지레짐작해서 피해자를 자처하는 일도 생긴다. '또 그런 거지 뭐' '뻔하지 뭐'라며. 더 나아가면 우울감까지 찾아온다.

여기까지 가지는 않았으면 좋겠다. 그러기 전에 말했으면 좋겠다. 그 말은 좀 불편하다고. 아니면 묻기라도 했으면 좋겠다. 그렇게 하는 데는 어떤 이유가 있는 거냐고. 물으면 대개는 특별한 이유가 없다. 아무 뜻 없었다거나, 미처 생각을 못 했다는 말이 돌아오곤 한다. 게다가 구차하다고 느끼는 건 실제론 구차한 게 아니고 합당한 생각이자 정당한 요구다. 이런 요구를 사소한 것으로 여기고 쉽게 무시하려 든다면, 구차해지는 건 오히려 정당한 요구를 받아들이지 못하는 쪽이다.

사소해도 말했으면 좋겠다. 사소한 것부터 말했으면 좋겠다. 사소한 게 모여 큰 것이 되고, 사소한 걸 말하지 못하면 큰 것은 더 말하기 힘들다.

12

모르면
알려주는 수밖에

지인 H의 아이는 정기적으로 받는 병원 검사가 있다고 했다. 주로 H가 스케줄을 조정해서 아이를 병원에 데려가고 정 안 되는 날만 남편을 보냈는데, 그런 날이 더 피곤하다고 했다. 병원만 직접 안 갈 뿐 학교에 미리 연락하는 것도, 병원 예약도 전부 H가 해야 하고, 거기다 남편에게 이런저런 설명까지 해야 한다며. 심지어 진료가 끝나면 점심시간이니, 병원 근처 식당에서 밥 먹이고 다시 학교 들여보내라는 것까지 알려줘야 한다고 했다. 이렇게까지 하는데도 남편에게서는 꼭 다시 전화가 걸려 온다고. 이러니 더 피곤하지 않을 수가 있나.

나는 어쩌다 회식이 잡히면 아침부터 분주했다. 남편과 아이가 먹을 저녁까지 챙겨야 했다. 밥이 없으면 밥을 새로 해놓고, 국도 따로 끓였다.

회식이 끝나고 집에 돌아오면 먹은 그릇은 치우지도 않은 채 그대로이고 아이는 아직 씻지도 않았다. 학교 준비물이나 숙제는 확인했냐고 하면, 남편은 그것도 해야 하냐고 되레 물었다. 그러면 나는 옷도 갈아입기 전에 아이 가방부터 확인했다. 아무것도 없으면 다행이지만, 뭐라도 있는 날은 속이 부글부글 끓어올랐다. 먹었으면 설거지도 하고 아이 좀 챙기지 그랬냐고 하면, 밥 먹이는 것도 힘들었다며 남편은 앓는 소리를 했다. 마치 자기가 밥이며 국이며 다 해서 먹인 사람처럼. 그러면서 "할 게 있었으면 미리 알려주지 그랬어"라고 했다.

이런 말을 들을 때마다 이런 걸 알려줘야 아는 건가 싶었다. 가끔은 밖에서 일은 제대로 하나 싶은 생각마저 들기도 하고.

회사에 신입이 들어왔을 때 제일 답답한 경우가 하나부터 열까지 다 알려줘야 할 때다. 알려준 일만, 딱 그것만 하고 그냥 앉아 있을 때처럼 속 터지는 경우가 없다. 조금만 생각해보면 할 일이 눈에 들어올 텐데, 생각을 안 하는 건지 우두커니 앉아 있다. 두 가지 경우가 있을 수 있겠다. 하나는 일머리가 없는 것. 두 번째는 의욕이 없는 것.

남편의 경우는 대체로 두 번째에 해당하리라 생각된다. 나가서는 그렇게 인정받는다는 사람이 집에만 들어오면 한없이 무능력해지는 데는 다른 이유가 있을 수 없다. 자기 일이란 자각이 없는 거다.

친구 남편은 결혼한 지 십몇 년이 됐는데 여태껏 세탁기 작동법을 모른다고 했다. 우리 집도 크게 다르지 않았다. 안 지 그리 오래되지 않았으니. 컴퓨터 조립도 거뜬히 하는 사람이 버튼만 누르면 되는 세탁기에 한해서는 매번 작동법을 모른다고 했다. 쓰인 대로 누르기만 하면 된다고 해도, 혹시라도 옷이 잘못될 수 있으니 내가 하는 게 나을 것 같다나.

한 인터넷 카페에 어느 여성이 글을 올렸다. 남편이 작은 집안일 하나 하고도 하도 생색을 내서 자기가 하는 가사 리스트를 작성해보는 중이라고 했다. 참고로 맞벌이를 하고 있고 아이가 한 명 있다고도 했다. 얼마나 속이 터졌는지, 여성은 작성한 리스트를 올리며 혹시 빠진 게 있는지 물었다.

리스트에는 식사 준비, 설거지, 방 청소, 세탁기 돌리기, 빨래 정리, 떨어진 생필품 체크해서 주문하기, 배달 온 물품 정리, 식재료 다듬어서 보관하기, 냉장고 청소, 쓰레기 분리 수거, 화장실 청소, 공과금 내기 등 대략 마흔 가지의 일이 적혀 있었다. 댓글에는 "이게 빠졌네요"라며 누락된 일들이 줄줄이 달렸다.

이후 글은 보지 못했지만, 리스트를 받아 본 남편은 적잖이 놀랐을 거다. 뭐가 이렇게 많냐며. 만약 아내가 이참에 가사 분담을 정확히 하자고 했다면 남편은 어떤 반응을 보였으려나.

이럴 때 보면 너무 안 알려줬나 싶기도 하다. 너무 혼자서 조용히 많은 일을 했던 게 아닌가. 이 많은 일 중에 고작 한두 가지를, 그것도 마음 내킬 때 한 번씩 하고는 이 정도면 많이 도와주는 편이라고 당당히 말할 수 있는 건 몰라서 그런 거라고밖에 볼 수 없다. 그러지 않고서야 그렇게 뻔뻔할 수는 없다.

모른다면 알려줄 수밖에 없다. '일일이 설명하느니 내가 하고 말지' 같은 위험한 생각은 접어두길. "내가 잘 몰라서" "난 잘 못하잖아" 같은 어쭙잖은 연기에도 더 이상 속아 넘어가주지 말길. 대신 이젠 이렇게 말했으면 좋겠다. "그래? 내가 자세히 알려줄게. 다음에 또 잊어버릴 수 있으니까 아예 써 붙여놓을게."

회사에서도 1년까지는 모른다는 말이 통할 수 있지만 그 이후로는 잘 통하지 않는다. 주변엔 결혼한 지 10년이 넘었는데도 작은 집안일조차 모른다는 남자들이 많다. 아직도 전기밥솥 사용할 줄을 모른다는 사람, 청소기 돌릴 줄을 모른다는 사람, 애가 몇 학년인지도 모른다는 사람까지. 아무리 함께 가려 해도 의욕 자체가 없는 사람은 끝까지 함께하기 어렵다. 그 사람이 할 몫까지 떠안는 데는 한계가 있으니까.

13

설마 나쁜 뜻으로 말했겠어?

어떤 강의에서 강사가 이런 말을 자주 했다. "지난 강의 때는 '그냥 아기 엄마들'이 많았는데…." "아무래도 '그냥 아기 엄마들'이다 보니까." 좀 거슬렸다. 강의를 같이 들은 지인에게 "그냥 아기 엄마가 뭐야? 말을 좀 이상하게 하네요"라고 하자 지인은 말했다. "그러게요. 근데 뭐 별 뜻이 있겠어요? 그냥 생각 없이 한 말이겠죠."

생각이 없었을까? 난 그렇게 생각하지 않는다. 아기 엄마들이라 아이 외에 다른 데엔 관심이 없다거나, 잘 모른다거나, 잘 이해하지 못할 거라는 뉘앙스가 깔려 있는 게 느껴졌다. 특히 '그냥'이란 말에서 확실히.

'그냥'이란 특별한 것 없는, 별 의미 없는, 별로 중요하지 않은,

이란 뜻이다. 그에게 아기 엄마들은 그다지 중요하지 않은 수강생이었던 거다.

그냥 아기 엄마든 아니든, 강의를 들으러 온 사람들은 해당 분야에 대해서 잘 모르니까, 앞으로 관심을 가지려고 일부러 시간을 낸 사람들이다. 어린아이를 돌보는 엄마가 일부러 시간을 내서 강의장에 간다는 건 그리 간단한 일이 아니다. 아이를 어딘가에 맡겨야 하고 약속된 시간에 데려와야 한다. 몸과 마음이 분주하다. 그런 수고를 감수하면서까지 강의장에 찾아왔으면 고맙게 여겨야 할 것 같은데, 그런 모습은 보이지 않았다. 게다가 강의가 뭐 그렇게 어렵거나 대단한 것도 아니었다. 그래서 더 거슬렸는지도 모르겠다.

몇 년 전, 한 정치인이 특정 업무 종사자들을 '그냥 밥하는 아줌마들'이라고 칭해 논란이 된 적이 있었다. 논란이 일자 사과문을 발표했고 사과문에는 이런 말이 있었다. "폄하하는 의미는 아니었다. 밥하는 아줌마는 어머니란 뜻이었다." '아, 그렇구나'라고 생각한 사람이 얼마나 됐는지는 모르겠다.

그냥 밥하는 아줌마, 그냥 아기 엄마. 크게 달라 보이진 않는다.

전 직장 동료 L의 시어머니는 L에게 이런 말을 자주 했다고 했다. "넌 좋겠다. 남편 잘 만나서." L의 남편은 퇴근 시간이 일반 직장인보다 빠르다고 했다. 그래서 집안일을 보통 남자들보다는 많이 하는 편이라고 했다. 대신 연봉은 아쉬운 편이라고. 하지만 시어머니 눈에는 본인 아들 집안일 하는 것만 보이고 다른 건 아무것도 눈에 들지 않았나 보다. 거기다 시아버지는 때때로 뭔가를 대놓고 요구한다고 했다. 새 가전을 사달라거나 집수리를 할 건데 얼마를 보태라거나. 어쩌다 L이 이번은 좀 힘들 것 같다고 하면 "네가 힘들 게 뭐가 있냐. 힘이 들어도 우리 ○○이가 힘들지"라고 한다며 한숨을 내쉬었다.

'이건 좀 심한데?'란 생각이 들어 나도 모르게 흥분해서 말했다. "아니, 무슨 말을 그렇게 하신데요. 본인 아들만 힘들고 며느리는 편하게 사는 줄 아시나 봐요. 며느리도 일하는 거 아실 텐데." L이 말했다. "그러신가 봐요. 근데 나쁜 분들은 아니에요. 말을 그렇게 해서 그렇지." 순간 배신감이 몰려왔다. 알아서 이해하고 넘어갈 거면 뭐 하러 얘기를 꺼냈대.

그런데 생각할수록 L이 좀 안타까웠다. 이 사람은 평생 이렇게 혼자 이해하고 넘어가겠구나 싶어서.

누군가에 대해 이야기하면서 이런 말을 하는 여성들을 종종 본다.

"배려가 좀 없어서 그렇지, 사람 자체가 나쁘진 않아."

"말을 좀 막 해서 그렇지, 나쁜 뜻이 있는 건 아니야."

"순간 욱하는 게 있어서 그렇지, 천성이 못된 건 아니야."

들을 때마다 의아하다. 배려가 없는데 나쁜 사람은 아니라고? 말을 막 하는데 나쁜 뜻이 없다고? 욱하는데 못되진 않았다고?

여성은 자라면서 내내 배려, 이해, 보살핌, 포용력, 부드러움, 온화함 등을 요구받는다. 누가 됐든, 어떤 상황이든, 이해하고 감싸주란다. 그 탓일까. 안 해도 될 배려를 하고 이해할 수 없는 부분까지 이해하려 애쓰는 여성을 많이 본다. 나쁜 뜻은 없었을 거라며.

작정한 의도는 없었을지 몰라도 평소 생각이 말에 배어 나오기 마련이고, 마음의 깊이가 행동의 깊이로 이어지는 법이다. 평소 특정 업무 종사자를, 아기 엄마를, 며느리를 어떻게 생각해왔는지가 사람들의 말과 행동에 그대로 나타난 것처럼.

물론 알아서 이해하고 '좋은 게 좋은 거지'라며 넘어가는 건 어쩌면 개인 성향일 수도 있다. 하지만 이것만은 알았으면 좋겠다. 내가 이해하고 넘어간다는 걸 상대방은 잘 모른다. 내가 상대방을 생각하는 만큼 상대방은 나를 생각하지 않는다. 생각했다면 배려 없는 행동과 막말은 애초에 하지도 않았다. 게다가 좋게 이해하고 넘어가는 일이 반복되면 앞으로 이해할 일은 더 많아지면 많아졌지 줄어들지는 않는다.

불편함을 표현하면 이러는 사람이 있다. "그냥 생각 없이 한 말인데 뭘 그렇게 예민하게 받아들여?" "전혀 그럴 뜻은 없었는데 그렇게 들렸다면 미안해. 미안은 한데 내 말은…." 그럼 순간 여러 생각이 든다. 그냥 조용히 넘어갈걸 그랬나? 특별히 나쁜 마음을 갖고 한 말은 아니긴 할 텐데. 의심하지 말았으면 좋겠다. 나쁜 말에는 분명 본인도 깨닫지 못한 편견, 차별, 그 외 바람직하지 않은 생각이 바탕에 깔려 있다.

나도 모르게 또 '설마 나쁜 뜻으로 그랬겠어?'란 생각을 하고 있다면 이렇게 생각해보는 건 어떨까? 그럼 좋은 뜻으로 그랬을까? 좋은 뜻이었다면 뜻에서 그치지 않고 말과 행동까지도 신경 쓰지 않았을까?

알아서 좋은 쪽으로 해석하고 넘어가지 말았으면 좋겠다. 여기저기 다 이해해주고 배려해주면 사람들은 그걸 당연하게 여긴 나머지 이런 말까지 한다. "너만 이해하고 넘어가면 되잖아."

나쁜 뜻은 아닐 거라고 혼자 추측하지 말자. 불편하단 말이 어려우면 적어도 물어보기라도 하자. 무슨 뜻이냐고. 이해를 잘 못했다고. 혹은 난 이렇게 이해했는데 맞냐고. 그럼 어떤 대답이든 돌아오겠지.

⑭

웃어주면 재밌는 줄 안다

주변 여성들로부터 이런 말을 들을 때가 있다. "너무 어이가 없어서 그냥 웃고 말았어요." "직접 대고 싫다고 할 수도 없고 그냥 웃음으로 때웠어요." "말도 섞기 싫어서 그냥 웃고만 있었어요." 나 역시 어색할 때, 불편할 때, 대답하기 곤란할 때 자주 쓰는 방법이었다.

어떤 독서 모임이 있었다. 2주에 한 번씩 모였는데 주체자였던 P는 매번 시작 전에 가벼운 농담도 하고 사적인 이야기도 하며 분위기를 풀었다. 첫 모임에서 P는 "쓱 보니까 외모가 출중하신 분들만 모였네요"라고 했다. 어색했던 분위기가 한순간에 풀렸다. 그 뒤로 P는 비슷한 농담을 이어서 던졌다. "역시 자기 계발하는 사람들은 외모도 훌륭한 것 같아요." 그러고는 껄껄 웃었다. 나머지 사람들도 따라 웃었다. '좀 과한데?' 싶었지만 첫날이란 걸 고

려하면 너무 예민하게 굴 필요는 없을 것 같았다.

하지만 P는 이후로도 비슷한 농담을 자주 던졌다. “한 미모들 하시니까.” “다들 어디 가서 빠지는 외모는 아니잖아요?” 사람들이 크게 웃고 반응이 좋다 싶은 날은 신이 났는지 거기서 한 발짝 더 나갔다. 이럴 때 타깃은 늘 미혼인 사람이었다. “아니, 저렇게 멀쩡하게 생겼는데 왜 아직 결혼을 안 했을까? 안 한 거예요, 못 한 거예요?” 어느 땐 선을 훌쩍 넘기도 했다. “뭐가 문제일까. 눈이 너무 높으신 거 아니에요?” 몇몇은 여전히 재밌다는 듯 소리 내어 웃었지만, 나를 포함한 몇몇은 어색한 미소만 지을 뿐이었다. 그런 분위기를 전혀 읽지 못했는지 P는 다음에도 비슷한 농담을 던졌다.

하루는 다른 멤버들을 향해 P가 말했다. “좋은 사람 있으면 소개 좀 시켜주고 그래요.” 이번엔 어색한 미소조차 나오지 않았다. 당사자의 표정 또한 밝지 않았다. 난 웃음 대신 목소리를 냈다. “결혼을 꼭 해야 하는 건 아니잖아요? 각자 사는 방식이 있는 거니까요.” 화기애애하던 분위기가 한순간에 얼음장이 된 듯했다. 순간 괜한 얘기를 했나 싶었는데 다른 멤버가 맞장구를 쳐줬다. “맞아요. 사실 결혼이 정답도 아니고요.” P는 머쓱한 듯 “그건 그렇죠”라고 했다. 그러곤 한동안 결혼을 농담으로 삼는 일은 없었다. 한동안은.

새 멤버가 들어오자 P는 전과 같은 농담을 다시 던졌고, 사람들의 웃음소리에 또다시 선을 넘었다.

예전 한 회사의 상사는 회식 때만 되면 듣기도 불편하고 대꾸하기도 어색한 농담을 마구 던졌다. 한번은 앞에 앉은 남자 직원을 보고는 애인은 있냐고 물었다. "저 결혼했어요. 애도 있는데 모르셨어요?"라며 자연스럽게 넘기려는 남자 직원에게 상사는 말했다. "그러니까 하는 말이지, 허허허." 그러면서 그는 말했다. "남자가 어느 정도 능력 되면 애인도 만들고 그래야지. 이 차장 정도면 충분히 가능할 것 같은데?" 남자 직원은 "그게 무슨 말씀이세요?"라고는 더 이상 대꾸하지 않았다. 그러자 이번엔 여자 직원들을 향해 말했다. "어떻게 재미없게 마누라만 보고 사나. 가끔 애인도 만나고 해야지. 안 그래? 사는 게 재밌어야지. 다들 재밌게 살자고, 허허허." 대꾸하는 사람은 아무도 없었다. 그렇다고 눈살을 찌푸리는 사람도 없었다. 다들 그저 웃고만 있을 뿐이었다.

회식이 끝나면 방향이 맞는 사람들끼리 같은 지하철을 탔다. 그럼 누가 먼저랄 것도 없이 이런 말이 나왔다. "제정신이야? 매번 왜 저래?" "재밌는 줄 아나 봐." "다음엔 진짜 정색하든가 해야지." 이래놓곤 다음번에도 정색하는 사람은 없었다. 또다시 애매한 웃음만 지어 보일 뿐.

고민 상담을 해주는 한 TV 프로그램에 배우 윤여정이 나왔다. "사회생활 하다 보면 불편하고 피하고 싶은 순간이 있는데 그럴 때는 어떻게 해야 할까요?"란 질문에 윤여정은 "전 그냥 '싫어요'라고 했어요"라고 했다. 사회자가 당황해하며, 그런데 그렇게 하긴 어렵지 않냐며, 좀 더 부드러운 방법이 없겠냐고 묻자 윤여정은 답했다. "부드러우면 그 사람이 못 알아들어요."

너무나도 공감이 되는 말이었다. 불편한 말에 어떻게든 어색해지지 않게 대응하려 들면 웃는 것밖에는 없다. 대충 웃어넘기면 상대도 어느 정도는 알아듣겠지 하고 생각할진 몰라도 절대 못 알아듣는다. 아니, 오히려 좋아하는 줄 안다. 친한 남자 지인에게 "어디 가서 그런 말 하지 마. 다 싫어해"라고 하면 그는 늘 말했다. "아냐. 다들 좋아하던데?" 이렇게 모른다.

독서 모임 주최자였던 P는 지금도 어디선가 비슷한 농담을 하고 있을지도 모른다. 회사 상사 역시 상식 밖의 말을 농담이랍시고 던지고 있을지도 모른다. 사람들이 계속 웃어줬다면.

"싫어요"까지는 못하더라도 적어도 재밌지 않은 말에 웃어주지는 말았으면 좋겠다. 어이없는 말에 대충 웃고 마는 대신 무표정일 수는 없을까. 선 넘는 농담엔 어색한 웃음 대신 정색은 해도 되지 않을까. 정색하면 혹시라도 "무섭게 왜 정색까지 해"라는 사람이 있을지도 모르겠다. 그때 흔들려서 또 억지웃음이라도 보이면 그는 그 말에 힘이 있는 줄 안다.

분위기 맞춰주는 웃음은 이젠 그만둘 때도 된 것 같다. '상대방 기분 상할까 봐'라는 마음은 좀 내려놓고 자기 기분부터 챙겼으면 좋겠다. 그래야 나중에 "너도 좋아했으면서" 같은 오해를 받지 않는다. 그리고 그래야 이상한 말들을 멈춘다.

15

에이, 설마

몇 번의 이직이 있었고, 그때마다 출퇴근 교통수단이 바뀌었다. 첫 회사를 다닐 때는 좌석버스를 이용했다. 나는 버스 노선 시작점인 첫 번째 정거장에서 탔기 때문에 항상 앉아 갈 수는 있었지만, 버스에 사람이 가장 많을 때, 게다가 내리는 사람도 별로 없는 곳에서 하차하는 것이 문제였다. 그래서 하는 수 없이 버스의 맨 앞자리, 그것도 통로 쪽에 앉곤 했다.

항상 비슷한 시간에 같은 버스를 타는 남자가 있었다. 그는 내가 탄 바로 다음 정거장에서 버스를 탔는데, 그 많은 자리를 두고 매번 내 옆자리에, 그것도 통로 쪽에 앉은 나를 밀다시피 제치고 들어와 앉았다. 처음엔 이 사람도 나처럼 사람 많을 때 내려야 하나 보다 했으나 목적이 다른 데 있다는 걸 바로 알아차렸다.

버스에 사람이 어느 정도 들어찰 때쯤부터 기미가 좋지 않았다. 뭐가 자꾸 닿는 느낌이 들었다. '뭐지?' 싶어 옆자리 남자 쪽을 흘깃 쳐다보면 남자는 너무 태연했다. 난 몸을 더 통로 쪽으로 붙여 자세를 고쳐 앉았다. 그러자 남자는 그만큼 더 내 쪽 자리를 차지했다. 이번엔 닿는 느낌이 확실해졌다. 내 몸에 닿은 건 확실히 옆자리 남자 손이었다. 팔짱을 낀 상태에서 한쪽 손을 뻗어 내 옆구리를 슬쩍슬쩍 터치하는 거였다. 내가 남자 쪽으로 고개를 돌리려고 하면 그는 금세 눈치를 채고 잽싸게 손을 접고 몸을 창가 쪽으로 기울였다. 그러곤 다시 슬그머니 몸을 내 쪽으로 기울이고 손을 뻗었다. 지금 같으면 벌떡 일어났을 텐데, 그땐 왜 그랬는지 그러지도 못했다. 대신 다음 날부터는 자리를 옮겼다.

여기저기로 자리를 옮겨보긴 했으나 별 소용이 없었다. 내가 어디에 앉든, 대체로 그는 내 옆자리를 택했다. 아마도 내가 중간에 내리고 더 들어가 앉을 수 없는, 그야말로 표적 삼기 딱 좋은 케이스였으리라. 난 출근 시간을 더 앞당겼다. 더러운 변태 한 마리 때문에 아침잠을 포기해야 했다.

다음 교통수단은 지하철 2호선이었다. 2호선은 지옥철로도 유명했지만 그만큼 변태 소굴로도 유명했다. 실제로 지하철 내에서 "왜 이러세요?" "내가 뭘?" 같은 대화를 듣는 건 꽤 흔한 일이었다. 그때도 그랬지만, 지금 다시 생각해봐도 참 이상하다. 당한 여자는 꼬박꼬박 존댓말을 써주는데, 정작 이상한 짓을 한 당사자는 뭐가 그리 당당한지 꼬박꼬박 반말이다. 그래서 그런지, 가끔 용감한 여성분이 "너 이 새끼! 손 안 치워?"라고 외칠 때면 어찌나 멋져 보이던지. 근데 멋지긴 멋졌는데 변태도 그에 뒤지지 않고 "사람을 뭘로 보고! 야, 너 따라 내려!"라고 할 때는 여성분이 꽤 걱정되었다. '따라 내리면 안 될 것 같은데…' 하면서.

하루는 점심때 후배 한 명이 오늘 아침에'도' 지하철에서 변태를 만났다며, 이젠 아주 지겨워 죽겠다고 했다. 그러면서 이런 말을 했다. "저, 바로 알았는데 그냥 있었어요. 나도 피곤해 죽겠고, 어차피 어디 피할 데도 없고요." 같이 있던 여자 직원들은 그 심정 안다는 표정으로 다 같이 한숨을 내쉬었다. 그러곤 이런 대화가 이어졌다.

"걔네는 그렇게 할 짓이 없나? 출근 시간에 맞춰 변태 짓을 하고 돌아다니는 거야, 아니면 출근하는 김에 변태 짓을 하는 거야?"

"그러니까. 그런데 출근하는 김에 하는 거면 너무 소름 끼치지 않아? 회사에 가서는 멀쩡한 얼굴을 하고 있을 거 아니야?"

"혹시 우리 회사에도 그런 사람 있는 거 아냐? 으, 너무 싫어."

남편에게 이런 얘기를 몇 번인가 했다. 결혼 전에도, 후에도. 남편의 반응은 항상 비슷했다. "근데 그거 착각 아니야? 움직이다 손이 닿은 거일 수도 있고, 만원 지하철에서는 어쩔 수 없이 사람이 다 밀착되는데 어떻게 몸이 안 닿아? 사실 남자들도 그거 되게 신경 쓰여, 괜한 오해 받을까 봐. 누군 뭐 닿고 싶어서 닿나?" 아니라고, 그냥 밀려서 닿는 거랑 추행하는 거는 바로 구별이 된다고,

누가 그냥 닿은 걸 가지고 얘기하겠냐고 몇 번을 말해도 남편은 이해하지 못했다. "아니, 생각을 해봐. 알지도 못하는 여자 몸을 왜 만져? 그럴 이유가 뭐가 있어?" "그러니까 변태지. 왜 만지는지 내가 어떻게 알아? 그게 좋은가 보지."

다른 남자들 반응도 비슷했다. 친구나 지인 모임에서 어쩌다 지하철 성추행범 이야기가 나오면 여자들은 직접 겪은 얘기를 하나씩 풀어놓았다. 그러면 남자들은 "그런 사람이 진짜 있다고? 사람이 그렇게 많은데 안 닿는 것도 이상하지 않아?" "그래서 난 그런 오해 안 받으려고 지하철 안에서는 아예 팔짱 끼고 있잖아"라고 하거나 아니면 아예 침묵했다. 괜히 이럴 때 잘못 말 꺼냈다가 오해받기보다는 조용히 있는 편이 낫다는 듯이.

이럴 때면 무기력감을 느낀다. 내가 내는 목소리가 가닿을 곳이 있긴 한가 싶어진다. 어쩌면 이렇게 같은 얘기를 계속해서 반복하는데도 이렇게 "에이, 설마"만 되돌아올 수 있는 건지. 그것도 모자라, 나서서 남자를 대변까지 해주는지. 가끔은 무섭기까지 하다. 이보다 더한 일을 겪었을 때 내 말을 진지하게 듣고 믿어줄 곳이 있을까, 하는 생각에.

그래서 더 이야기한다. 일상의 불쾌하고 불편한 순간과 감정을. 듣지 않고 믿지 않는다고 해서 입을 다물고 말면 침묵이 몸에 밸 것 같아서. 진짜 중요한 순간에 입을 열지 못할 것 같아서.

2장

우리는 조금 더 예민하게 들어야 한다

1

여자 연봉이 그 정도면 되지

회사 다니는 동안, 단 한 번도 연봉에 만족한 적이 없었다. 하는 일, 열정, 노력에 비해 연봉은 늘 낮게 책정됐다고 생각했다. 많은 자기계발서에서는 연봉만큼 일할 생각을 하지 말고 연봉의 두 배는 일할 생각을 하라고 한다. 그러다 보면 그 이상의 연봉을 받게 될 거라고. 이런 글을 읽을 때마다 답답해졌다. 지금도 받는 것보다 많은 일을 하는데 얼마나 더 하라는 건지.

다니던 회사는 동종업계 다른 회사들보다도 평균 연봉이 낮았다. 아이를 낳고 다시 들어간 회사였는데, 들어갈 땐 당장은 돈이 중요하지 않다고 생각했다. 일단 일을 하면서 조건이 더 나은 곳이 나타나면 그때 다시 옮기면 되니까.

입사해서 얼마간은 회사 분위기에 적응하느라 아무 생각이 들지 않았다. 그러던 것이 회사 생활이 안정되자 슬슬 연봉 생각이 나기 시작했다. 다른 데에서는 이 경력이면 얼마를 더 받는다는데, 다른 데는 연봉 말고도 다른 혜택도 많다는데…. 그럼 저절로 채용 사이트를 찾게 됐다. 써두었던 이력서를 꺼내 보고 나도 모르게 수정도 하곤 했다.

그렇다고 이런 걸 회사에서 할 만큼 눈치가 없거나 무개념은 아니었다. 그런데 신기하게도 이때쯤이면 몇몇 선배가 이런 말을 했다. "여자 연봉이 이 정도면 되지 뭐. 안 그러냐?" 내 속에 들어갔다 왔나? 얼굴에 너무 티가 났나? 아니면 혼자 찔린 건가? 속으로 이런저런 생각을 하고 있으면 그들은 한마디를 더 보탰다. "더 벌면 뭐 할 거야?" 뭐 하다니! 할 게 얼마나 많은데.

이럴 때마다 궁금했다. 선배들은 각자 자기 연봉에 만족하는지. 합당한 연봉이라고 생각하는지. 합당하진 않지만 여자가 이 정도면 됐지, 라며 대충 타협하고 있는 건지.

미혼인 어느 동료는 내게 "넌 남편이 있으니까 연봉은 크게 상관없지 않아?"라고도 했다. 남편이 있는 것과 연봉이 무슨 상관일까? 남편 있는 사람이 하는 노동은 노동이 아니라 놀이라도 되는 건가.

한 지인은 신입 때 남자 선배들로부터 이런 말을 자주 들었다고 했다. "여기가 여자 연봉치곤 괜찮지." 들으면 들을수록 '여자 연봉치곤'이라는 말이 걸렸다고 했다. 여자 연봉, 남자 연봉이라는 게 따로 있는 것도 아닐 텐데. 이젠 하다 하다 연봉에마저 성별을 붙이려는 건지. 여자 연봉치곤 괜찮다는 말은 그러니까 대충 만족하고 다니라는 뜻이었을까.

사람들은 흔히 남자에겐 "더 벌어야지"라면서 여자에겐 "그 정도면 됐지"라고 한다. 남자가 버는 돈은 가족의 생계를 위한 돈이고, 여자가 버는 돈은 자기 용돈이나 '애 학원비' 혹은 '반찬값'이라고 생각하는 건지. 일할 땐 평등을 외치고 대가를 논할 땐 차별을 둔다. 참 이상하다.

한번은 승진에서 제외된 적이 있었다. 상사는 공지하기 전에 미리 나를 불러 회사 사정을 이야기했다. 이러저러해서 지금 회사가 많이 어려우니 이번만 좀 이해해줬으면 좋겠다며. 확 와 닿는 말은 아니었지만 그래도 어렵다는데 어쩔 수 있나, 하고 마음을 정리하려는데 어쩐지 상사가 내 눈치를 살폈다. 그러곤 같이 입사한 남자 직원은 승진할 거라는 말을 조심스레 꺼냈다. "거기는 가장이고 곧 애 아빠도 될 거라…. 그래도 김 대리는 가장은 아니니까"라며 또 이해를 구했다. 거긴 곧 애 아빠지만 난 이미 애 엄만데. 이해를 구해야 한다면 내가 아니고 그쪽일 것 같은데.

남자는 아빠니까 알아서 챙겨주고 여자는 엄마니까 양보해달라는 아이러니란. 상사는 자신이 말하는 아이러니를 전혀 눈치채지 못하는 듯했다.

《아내 가뭄》에서 애너벨 크랩은 여성과 남성의 임금에 관해 이렇게 말했다.

> "여자들은 아이들 때문에 직장을 그만두거나 앞으로 그럴 거라는 예상 때문에 소리 없이 감점을 당한다. 그래서 평생 더 적게 번다. 아버지들은 자발적으로 사표를 쓸 가능성이 훨씬 낮다고 여겨 임금을 더 많이 받는다. 그리고 임금을 더 많이 받기 때문에 사표를 쓸 가능성도 더욱 낮아지고, 앞으로도 계속 아내들보다 임금을 더 많이 받게 된다. 반면 아내들은 그만둘 가능성이 더욱 높다고 여기며 (자신들이 이미 적게 받고 있다는 사실을 알기 때문에) 곧잘 기대대로 그만두고 그래서 임금도 더욱 적게 받는다."[7]

미국 캔자스대 김창환 교수의 연구팀은 2019년 논문 〈경력 단절 이전 여성은 차별받지 않는가?〉에서 같은 대학, 같은 학과, 같은 학번으로 입학한 학생들 사이에서도 노동시장 진입 초기 여학생의 소득은 남학생보다 9.5~18.9% 낮다는 걸 확인했다.[8]

이래서 자꾸 "여자 연봉치곤" "여자가 그만큼 받으면 됐지" 같은 말을 하고, 가장은 아니니까 이해해달란 말을 쉽게 하는 건가

---

7 애너벨 크랩, 《아내 가뭄》, 동양북스, 2019, 127쪽.

8 특별취재팀, '한국 남녀 임금 격차 31.5%… 30년간 OECD 국가들 중 1위', 조선일보, 2022년 5월 16일.

보다.

일하는 사람이 일한 만큼, 능력만큼 받고 싶은 건 당연하다. 또 그래야 한다. 일한 대가에 성별, 결혼 여부, 자녀 유무, 아이를 낳고 키울 가능성, 그만둘 확률 등을 따지는 건 불합리하고도 이상하다. 이상해도 많이 이상하다.

여자 연봉 말고 그저 합당한 연봉을 받고 싶은데, 이게 그렇게도 어려운 일인가 싶다.

2

내가 이런 것까지 알려줘야 하나?

한 남자 상사가 있었다. 그는 책임 전가에 아주 능했다. 어찌나 능숙한지 정신을 바싹 차리고 있지 않으면 순식간에 모든 게 내 책임이 되었다. 상사의 실수마저도. 그런 탓에 직원들은 작은 일 하나도 상사에게 확인을 받고 증거를 남겼다. 증거를 남기기에는 메일이 좋은 수단이었다. 주고받은 메일이 있으면 발뺌을 하려야 할 수가 없으니까. 단, 단점은 번거롭다는 거. 구두로 확인받으면 금방 끝나는 걸 굳이 메일을 작성하고 있으면 이렇게까지 해야 하나 싶기도 했다.

정신없이 바쁜 날은 간단한 메일 하나도 일이 된다. 그럴 땐 하는 수 없이 구두로 확인받는 쪽을 택했다. "부장님, 이건 이렇게 처리하면 되겠죠?" 간단히 그러라고 하면 될 일에 상사는 통명스럽게 답했다. "당연하지." 마치 내가 몰라서 묻기라도 한 것처럼. 그러곤 바쁘고 귀찮지만 어쩔 수 있겠냐는 표정으로 경력 1년만 돼도 아는 얘기를 경력 10년을 훌쩍 넘긴 사람에게 신입 가르치듯, 이 일과는 별 상관도 없는 얘기까지 꺼내며 상세히도 설명했다. 그러면서 이런 말을 덧붙였다. "내가 이런 것까지 알려줘야 하나?" 아니, 알려줄 필요 없는데. 몰라서 물어보러 온 거 아니고 매번 나중에 딴소리하니까 확인받으러 온 건데. 이럴 시간이면 메일을 쓰는 게 나았겠다는 생각이 들었다.

이상하게도 남자 직원들에게는 이런 일이 없었다. 대부분 일사천리로 결재가 끝났다. 상사 옆에서 벌서듯 한참을 서서 얘기 듣고 있는 건 항상 여자 직원들이었다. 어떨 땐 아예 의자를 가져와서는 옆에 앉혀놓고 설명하기도 했다.

직원 사이에서 한동안 유명했던 일화가 있다. 여자 직원 M이 만든 문서에 오류가 있었던 모양이다. 정확한 문장은 기억나지 않지만 대충 이런 거였다. 우리 측 주장'은'을 우리 측 주장'는'으로 잘못 기재한 거다. 누가 봐도 오타인 걸 남자 상사는 굳이 M을 불러 옆에 앉히고는 조사 '은/는/이/가'를 어떻게 구별해서 써야 하는지 설명했다고 한다. 앞 글자에 받침이 있으면 뒤에 오는 조사는 '은'이나 '이'가 와야 한다는 바로 그 설명을. M은 들으면서 이게 뭐지 싶었다고 했다. 이런 것까지 듣고 있어야 하나, 라며. 이런 것까지는 안 알려주셔도 된다는 말을 할까 말까 몇 번이나 망설이다가 결국은 못 했다고 했다. 다들 입을 모아 "했어야지!"를 외쳤지만 대답을 못 한 입장도 이해 못 하는 바는 아니었다.

이렇게 듣는 사람이 다 민망한 일을 아무렇지 않게 할 수 있는 이유는 단 하나다. 상대가 어리고 직급도 낮은 여자라는 거.

김혼비의 《우아하고 호쾌한 여자 축구》는 여자 축구팀 선수들에게 남자들이 자꾸 훈수를 두는 상황을 생생하게 보여준다. 너무 생생해서 웃음이 빵 하고 터질 지경이다. 여기서 김혼비는 이렇게 말한다.

> **"문제는 어려서부터 축구를 시작해서 프로 선수 경력까지 있는 20년 차 여자 축구 선수에게도 코칭하려 드는 남자가 있다는 것이다. … 세상에는 전(前) 국가 대표 선수를 앞에 놓고 축구의 기본기에 대해 논하려고 하는 남자들이 정말로 있다."**[9]

이런 일은 꽤 흔하다. 일본어 좀 안다는 어느 남자 임원은 번역팀에서 작성한 문서를 하나하나 트집 잡았다. 이 표현은 좀 어색하다, 이런 단어는 많이 못 봤다며 다른 말로 수정하라는 지시를

---

9 김혼비, 《우아하고 호쾌한 여자 축구》, 민음사, 2021, 51쪽.

일본어만 10년 이상 봐온 사람들에게 서슴없이 했다. 본인의 공부가 모자라다는 생각은 전혀 못 하는 듯했다.

친지 모임에서 남자들이 회사 얘기를 나눌 때 내가 좀 낄라치면 늘 이런 말이 나왔다. "넌 회사를 잘 몰라." 회사만 20년 가까이 다녔는데. 그뿐인가. 나보다 경력도 짧은 남자 동생들은 "누나가 조직을 잘 몰라서 그러는데"라며 조직의 생리를 이야기했다.

난 뭘 그렇게 모르는 걸까.

개인 SNS에 글을 올리면 가끔 가르치듯 댓글을 다는 사람들이 있다. 생각과 감정을 나누고자 한 글인데 훈계를 한다. 선생님처럼. 어떤 분인가 궁금해서 아이디를 클릭해보면 신기할 정도로 대부분이 남성이다. 그것도 나이가 좀 있어 보이는.

그들은 뭘 그렇게 많이 아는 걸까. 그리고 왜 그렇게 가르치려 드는 걸까.

3

좀 민폐지 않아?

"남자 친구 있나요?"

"결혼은 언제쯤 할 생각인가요?"

"아이를 낳으면 회사는 어떻게 할 생각인가요?"

요즘은 면접 때 여성 지원자에게 이런 걸 물어보면 안 된다지만, 사회생활 경력이 좀 되는 나는 이 세 가지 질문을 다 받아봤다. 여기에 더해 아이는 누가 돌보냐부터 둘째 계획은 없냐는 질문까지.

전 회사 팀원은 전부 여자였다. 결혼해서 아이까지 있는 사람이 셋이고 나머지는 다 미혼이었다. 미혼인 데다 만나는 사람도 없었다. 한동안은. 그러다 그중 한 명이 남자 친구가 생겼고 결혼까지 했다. 그렇다고 팀 분위기가 달라질 건 없었다. 1년 정도는 그랬던 것 같다. 1년이 지나고부터는 슬슬 "○○ 씨는 아이 계획 없대?" "저번에 말하는 거 보니까 생각은 하고 있는 것 같던데요" 같은 말이 뒤에서 조심스럽게 오갔다.

임신하면 출산휴가를 써야 하고 팀 내 공백이 생긴다. 부담은 오로지 나머지 직원들에게 돌아간다. 회사에서 어떤 방식으로든 공백을 채워주면 좋겠지만 그러지 않을 게 뻔했고 그러기도 쉽지는 않다는 걸 서로 잘 알고 있었다. 3개월만 일할 경력직을 구하는 건 쉬운 일이 아니다. 그렇다고 아무것도 모르는 사람을, 그것도 3개월 후면 그만둘 사람을 가르치면서 일을 시키는 건 매우 비효율적이고 피곤한 일이다. 차라리 내가 일을 더 하고 말지.

결혼한 직원은 아이를 가졌고, 출산일이 다 되자 바쁜데 미안하다는 말과 함께 출산휴가에 들어갔다. 일은 나머지 팀원들이 나눠서 했다. 3개월은 마치 1년 같았다. 마지막 한 달은 마치 올림픽 선수라도 되는 양 "얼마 안 남았어. 우리 좀만 더 버티자"라며 서로를 격려했다.

드디어 3개월이 지나고 출산휴가에서 돌아온 직원은 또다시 미안한 얼굴로 음료와 쿠키를 돌렸다. 힘들긴 했어도 아이 낳고 온 사람이 미안할 일은 아닌데.

다른 팀에 친한 직원 A가 있었다. A는 첫째가 있는 상태에서 회사에 들어왔고 일하면서 둘째와 셋째를 낳았다. 둘째 때는 축하

한다는 말 외엔 특별한 말이 없었지만, 셋째 때는 달랐다. 두 번째 출산휴가이기도 하고 출산휴가에 이어서 육아휴직까지 낸 게 이유였다. 뒤에서 이런저런 말이 많았다.

"뭘 셋째까지 낳아?"

"너무 이기적인 거 아냐?"

"좀 민폐지 않아?"

공백을 메워야 하는 입장을 모르는 바는 아니지만, 아니, 알고도 남지만, 좀 너무한 거 아닌가 싶었다. 이 회사에서 셋을 낳은 것도 아니고, 아니, 셋을 낳았어도 그렇지. 없는 휴가를 만들어달라는 것도 아니고 법적으로 보장되어 있는 휴가를 쓰겠다는데 뭐가 그렇게 이기적이라는 건지. 뭐가 그렇게 민폐가 되는 건지. 불만을 표해야 할 곳은 육아휴직을 쓰겠다는 A가 아니라 남은 직원을 위해 대책을 세워주지 않는 회사일 텐데, 그쪽엔 아무 말도 못 하고 힘없는 A만 탓하는 사람들이 미웠다. 보고 있자면 화도 났다.

괜히 결혼한 모든 남자가 미워졌다. 적어도 남자들은 아이를 가졌다는 이유로 주위에 미안해하고 민폐라는 말은 듣지 않을 거 아닌가. 그들의 아내는 들을지언정.

상대하기 싫은 사람도 생겼다. 다름 아니라 "어떻게 출산휴가 두 번에 육아휴직까지 쓸 생각을 해. 너무 양심 없는 거 아냐?"라는 미혼의 옆자리 여자 동료였다. 아무리 본인과는 무관한 일이라지만 꼭 그런 식으로 말을 해야 했을까. 아니, 그런 식으로밖에 생각을 못하나.

어느 날, A는 팀 분위기도 안 좋고 아무래도 눈치가 보인다며 육아휴직을 6개월만 내기로 했다고 말했다. 난 그 말에 더 속이 상했다. 힘들지 않겠냐며, 이왕 여러 소리 들을 거 눈 딱 감고 1년간 아이들 열심히 키우고 오는 게 어떠냐고 했지만, A는 쓴 미소만 지을 뿐이었다.

A의 걱정은 괜한 게 아니었다. A가 육아휴직에 들어가 있는 동안 조직에는 변화가 생겼고, 그 팀은 셋으로 쪼개졌다. 사전에 A와 얼마나 상의를 했는지 모르겠지만, A가 복직했을 때 A는 애매한 포지션이 되어버렸다. 그래도 씩씩하게(적어도 겉으로는) 잘 다닌다 싶었는데 결국 A는 이직을 택했다. 어쩌면 결과적으로는 더 잘된 일인지도 모르겠지만, 긴 시간 마음고생했을 A를 생각하니 영 마음이 편치 않았다. A와 같이 일하던 남아 있는 직원들을 마주할 때도 마음 한구석이 부글거렸다. 회사 역시 정이 떨어졌고.

사회는 계속해서 저출생 운운하며 출산을 장려하지만, 회사에서는 아이를 낳으면 민폐가 된다. 그렇다고 전업맘이 되면 경제활동을 들먹이며 한심한 눈초리를 하고, 직장맘이 되면 살림과 육아를 트집 잡는다. 출산을 장려할 거면 이 모든 걸 해결해주든가, 해결 못 할 거면 조용히 있든가, 둘 중 하나만 했으면 좋겠다.

④

상사가 여자라

한 지인은 바로 위 상사가 여자라고 했다. 그는 이런 말을 자주 했다. "상사가 여자니까 너무 피곤해. 비위 맞추기도 힘들고. 어떻게 매일 기분이 달라?"

기분이 오전 오후가 달랐던 상사가 있었다. 아침부터 인상을 쓰고 있어서 오늘은 부딪히지 말아야겠다 싶었는데 언제 기분이 풀렸는지 헤헤거리며 농담까지 걸어와 사람을 자주 당혹스럽게 하던 상사가. 그는 남성이었다.

다른 지인은 팀장이 여자라고 했다. 그는 말했다. "팀장이 여자니까 팀에 힘이 없어요. 여기저기 치여서는 맨날 이상한 일만 가져온다니까요."

내가 겪은 팀장 중에도 이런 사람이 있었다. 다른 팀은 다 마다 하는, 실적도 안 잡히는 일을 떠맡아서는 제일 만만한 직원에게 시켰다. 자세한 설명도 없었다. 설명이 없을 수밖에. 내용도 잘 모르고 일의 양이 얼마나 되는지도 모르면서 덥석 받아 왔으니까. 그래서 궂은일은 도맡아 하는데 표시는 안 나는 팀이 바로 우리 팀이었다. 이 팀장도 남성이었다.

또 다른 지인은 회사 임원 중에 여자가 한 명 있는데 역시 여자는 다른 면이 있다고 했다. "사람을 대하는 것부터가 다른 것 같더라고요. 말투도 부드럽고 무엇보다 권위적이지 않아서 편해요."

어느 모임에서 제법 큰 회사에서 이사직을 맡고 있는 사람을 만났다. 몇 마디 나누지 않았지만 목소리에서부터 카리스마가 뿜어져 나왔다. 말하는 내내 자세도 흐트러짐이 없었다. 나도 모르게 저분 밑에서 일하면 긴장 좀 하겠다 싶었다.

글 쓰는 모임이 있었는데, 거기서 만난 분은 어느 기업의 임원이라고 했다. 그분은 주로 업무 얘기를 썼는데, 글에서 직원에 대한 배려가 그다지 느껴지지 않았다. 철저히 효율 중심이었다. 글을 읽는데 그 직원이 이 글을 보면 많이 섭섭하겠다는 생각이 들 정도였다. 둘 다 모두 여성이었다.

지금까지 수많은 남자 상사, 남자 팀장, 남자 임원 등을 만나왔지만, 난 그들을 보면서 남자 상사는 비위 맞추기 힘들다거나, 팀장이 남자라 팀에 힘이 없다거나, 하는 식으로 생각해본 적이 딱히 없다. 그 사람이 남자라서 힘든 게 아니고 그런 사람이라 힘든 거니까. 주변 다른 사람들도 '상사가 남자라' 같은 말은 하지 않는다. 당연한 일이지만 한 남성이 남성 전체를 대표한다는 생각은 하지 않는다.

이 당연한 얘기도 대상이 여성이면 말이 달라진다. 한 여성이 여성 전체를 대표한다. 한 여성의 행동을 보고 사람들은 쉽게 "여자들은"이라고 하고, 한 여성 팀장의 특징을 가지고 "여자 팀장들은"이라고 한다. 한 여성 대표의 일하는 스타일이 맘에 안 들 땐 "여자가 대표라서"라고 한다.

난 지금까지 여자 상사, 여자 팀장, 여자 임원도 여럿 만나봤지만 똑같은 사람은 한 사람도 없었다. 숨 막히게 꼼꼼한 사람이 있는가 하면 뭘 해도 대충인 사람도 있었고, 별의별 시시콜콜한 개인사를 묻는 사람이 있는가 하면, 사적인 질문은 절대 하지 않는 사람도 있었다. 아부성 멘트에 쉽게 넘어가는 사람도 있는 반면, 그런 멘트를 제일 싫어하는 사람도 있었다.

조직에서 위로 올라갈수록 여성이 적어서 그런 게 아니겠냐는 사람도 있지만 정말 그것만이 원인일까 싶다. 같이 일하기가, 특히 여성이 자신보다 위에 있는 게 마뜩잖은 속마음을 "상사가 여자라"라는 식으로 표현하는 건 아닐까 싶다.

그도 그럴 것이 "여자들은" "여자 임원은" 같은 말로 한 개인의 문제를 전체 여성의 차원에서 말할 땐 좋은 말보다는 비난이나 질타가 대부분이다.

가끔은 좋은 얘기도 있긴 하지만 주로 업무 능력보다는 말투나 표정 혹은 분위기 등이다. 특히 여성 리더의 부드러움, 너그러움, 온화함 같은, 흔히 말하는 여성적 성격이나 태도를 들먹일 땐 여성 리더에게 바라는 건 실력보단 그저 분위기를 좋게 하는 분위기 메이커 역할인가 하는 생각마저 든다. 여성 리더를 평가하면서 "능력은 있는 거 같은데 성격은 별로인 거 같아"라거나, 일 얘긴 하나 없이 그저 "좀 쌀쌀맞아 보이는데?"라고 할 때면 더 그런 생각이 든다. 성격 안 좋은 남자 리더에 대해선 "성격 더러워도 능력만 있으면 되지"라고 하는 것과는 대조적이다.

이젠 여성이 사회 여러 분야에 더 많이 진출해야 한다는 데는 많은 사람이 뜻을 같이하는 듯하다. 하지만 딱 거기까지인 것 같다. 여러 분야에 진입은 하되, 그 안에서 여성이 성장하고 인정받고 성공하는 것까진 바라지 않는 것 같다. 진입까지는 수용하겠지만 능력까지 인정하고 싶지는 않은 마음.

남성에게 문제가 있을 땐 그 사람이 문제라 하고, 여성에게 문제가 있을 땐 여성이 문제인 것처럼 얘기한다. 재밌는 건 반대의 경우다. 남성이 뛰어나면 남성이 뛰어난 것처럼 얘기하고, 여성이 뛰어나면 그 사람이 특별한 거라고 한다. 이럴 때마다 내 의심은 점점 더 확신으로 변해간다.

5

그 시간에 거긴 왜 간 거야?

오래전 일이다. 회사에 20대 여자 직원 J가 있었는데, 어느 날 우연히 그녀에 관한 소문을 들었다. 우리 팀 50대 남자 부장이 한동안 J에게 그렇게 추근댔다는 것이다. '몸매가 예쁘다, 남자 친구는 있냐, 없으면 내 애인 하자'라며. 급기야는 개인적으로 연락을 하고 연락을 받아주지 않자 집 근처까지 찾아갔다고 했다. J는 회사에 이 사실을 알렸지만 회사는 부장에게 경고를 주는 것 말고는 다른 조치는 취하지 않았다. 다만 왜 그랬는지 추궁은 했다는데, 부장은 딸 같아서 예뻐했을 뿐이라고 했단다.

이 얘기를 들은 사람들은 "무슨 헛소리야. 자기 나이가 몇인데 그만한 딸이 있어?" "딸을 그런 식으로 예뻐하나 보지?"라며 부장을 맹비난했다. 그런데 한편에서는 J를 향해 이런 말도 던졌다.

"근데 걔도 좀 그렇긴 해. 아무한테나 다 상냥하잖아." "처음부터 확실하게 거절했어야지." 심지어는 이런 말도 있었다. "걔가 좀 흘리고 다니는 스타일이긴 해."

결국 J는 퇴사했고, 남자 부장은 오래오래 회사를 다녔다. 그는 아주 태연하게 생활했다. 그뿐인가. 회식 때면 누구는 일은 잘하는데 몸매가 안 착하다는 둥 여전히 정신 나간 소리를 해댔다. 옆에서 누군가가 "이젠 그러면 고소감이에요"라고 하면 그제야 머쓱한 듯 입을 다물긴 했지만.

신입 때였다. 남자 선배가 하나 있었는데 그는 꽤 다정했다. 나와 바로 옆자리 여자 동기에게 특히 친절하고 많은 걸 챙겨줬다. 우리에게 불합리한 일이 생기면 나서서 얘기해주고, 위에서 안 좋은 소리를 듣는 날이면 크게 신경 쓰지 말라며 위로도 해주었다. 둘 다 여동생 같아서 마음이 쓰인다며.

근데… 종종 마음만 쓰는 것이 아니라 손도 같이 쓸 때가 있었다. 마음 풀라면서 등을 토닥이기도 하고, 머리를 쓰다듬기도 했다. 어느 땐 자연스럽게 어깨동무도 했다. 너무도 자연스러워 언제 손이 올라왔는지도 모를 정도였다. 그럴 때면, '이게 뭐지? 이거 지금 내가 생각하는 그거, 그거 맞는 거지?'란 생각이 들다가도 '아닌가? 내가 오버하나?' 싶고 마음이 심란했다.

다행인지 불행인지 이런 생각은 나만 했던 게 아니었다. 옆에 있는 동기가 어느 날 심각한 표정으로 말했다. "저 선배, 좀 이상하지 않아?" 그 말이 어찌나 반갑던지. "그치? 뭔가 되게 찜찜하지?" "그러니까." "난 내가 오버인가 했네." "아냐. 아냐. 나도 전부터 좀 그랬어."

이후로 우린 적극적으로 그가 뻗는 손길을 피했지만, 그가 알아차렸는지는 잘 모르겠다. 지금 생각하면 피하기만 할 게 아니라 확실하게 "말만 해요. 왜 만지고 그래요"라고 해줬어야 하는 건데. 확실히 무안을 줬어야 하는 건데.

혹시라도 나나 옆자리 동기가 그의 지저분한 손길을 뒤늦게 알아차려 적극적으로 피하지 못했다면, 거기서 더 나아가 그가 예전 부장이 J에게 했던 행동을 우리에게 했더라면, 사람들은 우리에게도 이렇게 말했으려나. "싫었으면 적극적으로 피했어야지" "걔들도 좀 그래"라고. 그때도 비난은 지저분한 손길을 뻗은 사람이 아니라 억울하게 당한 우리 몫이었으려나.

잊을 만하면 뉴스에서 끔찍한 사건들이 들려온다. 사건 자체도 안타까운데 가끔 피해자를 향해 생각 없이 말을 던지는 사람들이 있어 마음이 더 아프다.

"근데 그 시간에 거긴 왜 간 거야?"

"그러게, 애초에 그런 애를 왜 만났어."

"아니, 싫으면 상대도 하지 말았어야지."

"그러길래 술을 왜 그렇게 많이 마셔?"

설마 원인 제공을 했다거나 당할 만했다는 얘기가 하고 싶은 걸까. 비난이나 질타가 향할 곳은 피해를 입은 쪽이 아닌 피해를 입힌 쪽이어야 한다.

나는 어려서부터 여자는 몸가짐을 바르게 해야 한다는 얘기를 듣고 자랐다. 귀가가 늦으면 위험하다며 빨리빨리 들어오란 소리를 들었고, 친구들이랑 여행을 가겠다면 위험하다는 말부터 돌아왔다. 세상엔 못된 남자들이 많다며.

학교에서는 속옷이 밖으로 비치지 않게 해라, 교복 치마를 짧게 입지 마라는 등의 여러 제재가 있었다. 남학생들이 보면 이상한 생각을 할 수 있다고.

세상엔 못된 남자가 많고 남학생은 짧은 치마를 입은 여학생만 봐도 이상한 생각을 할 수 있다면 누구를 교육해야 할까. 나쁜 일이 계속 벌어지면 나쁜 행동을 하는 쪽에 경고하고 통제를 가해야 할 텐데, 사회는 반대로 움직인다. 나쁜 일을 당할 수 있는 쪽을 더 억압한다. 밖은 위험하고 남자는 조심해야 하니 세상 밖으로 나가지 말고 몸은 더 가리라고. 게다가 나쁜 일을 당하면 경계를 늦추고 조심하지 않은 쪽을 비난한다.

번지수가 틀려도 한참 틀렸다.

6

남편 아침밥은 해줘?

"할 줄 아는 반찬은 있어?"

결혼하고 한동안 가장 많이 들었던 질문이다. 1년에 한두 번 보는 친척 어른들은 지난번에도 같은 질문을 했다는 걸 전혀 기억하지 못하는 눈치다. 처음 묻듯 매번 같은 걸 물었다. 밥은 해 먹고 다니냐, 반찬은 할 줄 아냐. 이번엔 또 뭐라고 답할까 고민하는 사이, 엄마가 먼저 답할 때가 있었다. "하긴 뭘 해. 얘는 할 줄 아는 거 하나도 없어. 학교랑 회사만 다니다 결혼했는데 뭘 할 줄 알겠어." 엄마의 의도는 정확히 잘 모르겠다. 나를 곤란함에서 보호해 주기 위해서인지, 뒤에 이어지는 "아직까지 반찬은 내가 다 해다 주지"라는 말에 힘을 싣기 위해서인지. 어느 쪽이 됐든 엄마 덕분에 난 대꾸하지 않아도 되니 잘됐다 싶었다. 어른들은 "하긴, 요즘

애들이 뭘 할 줄 알겠어"라며 알아서들 이야기를 이어갔다.

얼렁뚱땅 대답을 피하는 중에도 이건 꼭 대답해야겠다 하는 질문이 있었다. "남편 아침밥은 해줘?" 운동을 잘 안 한다는 사람에게 "그럼 걷기는 해?"라고 물을 때처럼 다른 건 몰라도 최소한 남편 아침밥은 해주겠지, 설마 그것도 안 하지는 않겠지, 하는 마음이 그대로 전해졌다.

내가 일을 안 하거나 남편보다 출근 시간이 늦어서 아침에 훨씬 여유가 있다면 모를까, 똑같이 새벽같이 일어나서 똑같은 시간에 출근하는데 남편 아침밥은 해주냐니. 난 대답했다.

"저희 아침 안 먹어요. 둘 다 원래부터 안 먹었어요."

"아침을 왜 안 먹어? 그리고 너는 그렇다 쳐도 신랑은 챙겨줘야지."

"왜요?"

"얘는, 왜요라니?"

납득할 만한 설명은 듣지 못했다.

상황은 회사에서도 비슷했다. 결혼했다고 하면 요리는 잘하냐고 왜들 그렇게 묻는지. 못한다고 하면 그래도 할 줄 아는 게 하나 정도는 있을 거 아니냐며, 가장 자신 있는 요리가 뭐냐고 재차 물었다. 도대체 요리와 회사 일이 무슨 관계가 있길래 이렇게까지 집요하게 묻는 건지. 개중에는 친척 어른 같은 사람도 있었다. "남편 아침은 챙겨주나?"

그러던 사람들이 한 남자 직원이 결혼하자 그에게는 이렇게 물었다. "와이프가 아침은 해줘?" "아침밥은 얻어먹고 다니나?"

결혼 전에는 관심도 없던 아침 식사 여부를 결혼만 했다 하면 어김없이 묻는다. 게다가 아침을 안 먹으면 졸지에 '아침도 못 얻어먹고 다니는 남자'가 된다.

남편에게 챙겨주라는 건 아침뿐만이 아니었다. 신혼 초 엄마는 내게 말했다.

"이 서방 옷 좀 챙겨줘. 옷이 저게 뭐야. 다 꾸깃꾸깃해가지고."

"자기 옷은 자기가 챙겨야지. 내 옷도 못 챙겨 입는데 무슨 남편 옷까지 챙겨줘."

"그래도 네가 좀 챙겨줘. 남자들은 그런 거 잘 못해."

어느 지인은 내게 이렇게 말했다. "남자가 옷이 꾸질꾸질하면 여자를 욕해. 와이프는 뭐 하냐고." 그러면서 자기는 남편을 머리끝부터 발끝까지 다 챙겨준다나? 셔츠랑 넥타이는 물론 속옷부터 양말까지 챙겨준다는 말을 자랑처럼 했다. 본인도 하는 일이 있으면서. 스스로는 자랑인지 모르겠으나 이런 생각이 들었다. 왜 다 큰 성인을 도로 어린애로 만들려고 하지? 옷 정도는 혼자 입을 수 있어야 하는 거 아닌가?

그는 마지막까지 내게 조언을 아끼지 않았다. "남자 기는 여자가 살려주는 거야." 난 또 생각했다. 본인 기부터 챙기는 게 나을 것 같은데….

밥에, 옷에, 하다못해 기까지 챙겨주라니. 나이를 먹으면 보통은 성장을 기대하기 마련인데, 이상하게도 유독 남편이란 존재에게는 성장보다는 '퇴보'를 바라는 것 같다. 이것저것 해주게 해서 능력을 떨어뜨리려는 걸 보면.

하도 여기저기서 아내에게 남편을 챙기라 하고, 어떤 이는 남편을 아예 아들로 쳐서 우리 집엔 아들만 둘이니 셋이니 하니 남편들도 착각하는 것 같다. 진짜 자신들이 아내에게 챙김을 받아야 하는 존재이고 아들처럼 굴어도 되는 줄로. 그래서 이렇게 말하는 남편도 있다.

"당신이 날 챙겨야지, 누가 챙겨."

"나는 안 챙겨줘도 돼. 애들만 챙겨줘."

"출장 가니까 가방 좀 챙겨줘."

온 사회가 나서서 남자를, 특히 결혼한 남자를 덜 자란 아이로 만들려 해도 부디 착각하지 말길 바란다. 본인은 성인이고 챙김받을 나이는 지났다는 걸. 그리고 아내는 엄마가 아니라는 걸.

7

여자가 더 꼼꼼하잖아요

어딜 가나 막내는 잡일 담당이다. 손은 많이 가나 해도 티 안 나고, 특별히 잘했다는 얘기도 못 듣는 일을 맡는다. 막내는 크게 두 부류로 나뉜다. 주어지는 일이면 뭐든지 열심히 하겠다는, 마치 잡일도 내가 하면 클래스가 다르다는 듯이 작은 일 하나에도 온갖 정성을 쏟는 의욕 과다형이 있고, '시켜서 하긴 한다만 이걸 내가 왜 하는데?' 하는 표정이 역력해서 의욕보다는 불만이 더 많아 보이는 막내가 있다. 처음부터 두 번째 유형인 막내도 있긴 하지만 막내 생활이 생각보다 길어지면 첫 번째 유형이던 막내도 서서히 두 번째 유형으로 변해가고 신입이 들어오길 간절히 바란다.

부서에 몇 년째 막내인, 첫 번째 유형을 거쳐 두 번째 유형으로 변해가던 막내 직원이 있었다. 보고 있으면 짠했다. 이제 잡일은 그만하게 하고 일다운 일 좀 줬으면 하는데, 신입을 뽑을 기미가 보이지 않았다.

그러던 어느 날, 몇 년 만엔가 부서에 신입이 들어왔다. 원래 있던 막내는 신입이 들어온다는 말이 돌 때부터 얼굴이 피기 시작했다. 왜 안 그러겠나. 드디어 잡일 탈출인데.

기다리던 신입은 들어왔는데, 막내 일을 넘기라는 팀장의 지시가 없었다. 어느 정도는 적응 기간도 필요할 테니까, 다들 곧 지시가 있겠지, 했다. 한참을 기다려도 지시가 없자 한 선배가 팀장에게 물었다. 신입도 들어왔는데 막내가 하던 일을 넘겨야 하지 않겠냐고. 팀장은 대수롭지 않게 지금 그대로 유지하라고 했다. 선배가 특별한 이유가 있냐고 물었더니 팀장은 이렇게 답했다. "여자가 남자보다 더 꼼꼼하잖아요. 그런 건 보통 여자들이 더 잘하더라고요." 그렇다. 새로 들어온 직원은 남자였다. 팀장은 처음부터 남자 직원에게는 막내가 하는 잡일을 시킬 생각이 없었던 거다.

이 말에 여자 직원들은 "뭐 대단한 일도 아니고 꼼꼼하고 말고 할 게 뭐가 있어?" "꼼꼼한 남자도 많아"라며 어이없어했고, 선배도 팀장에게 다시 건의해보긴 했지만 달라지는 건 없었다.

이후로도 몇 번인가 남자 신입이 들어왔지만 그들은 하나같이 막내가 하는 잡일은 하지 않았다. 그때마다 항의도 해봤지만 매번 어물쩍 넘어갔다. 그놈의 꼼꼼 타령을 해가며. 그러면서도 팀장은 중요 업무에선 남자 직원을 더 신뢰했다. 남자들이 이런 일엔 의외로 더 꼼꼼하다나.

이런 일은 막내에게만 일어나는 건 아니었다. 어느 남자 상사는 받은 메일을 종이로 뽑아 파일로 만들어야 할 때마다 인쇄 버튼을 누르기만 하고, 파일로 만드는 일은 매번 프린터 옆자리에 앉은 여자 직원에게 부탁했다. 뽑은 종이를 파일에 끼우고 레퍼런스 번호만 적으면 되는 간단한 일을. 그러면서 자기도 무안하긴 한지 "○○씨가 이런 건 깔끔하게 잘 만들잖아요"라고 했다. 파일이 깔끔하면 뭐가 얼마나 깔끔하다고.

얼마 전 지인 C와 회사 얘기를 하다 이런 이야기가 나왔다. "아주 아주 옛날얘기긴 한데, 난 회사에서 커피 심부름도 했어요. 요즘은 상상도 못 할 일이지만." 말을 하면서도 너무 '라떼'스럽다 했는데 C는 말했다. "지금도 해요. 손님 오면 꼭 여자 직원한테 커피 가져다 달라는 사람이 있어요. 회사에 원두커피 자판기도 있고, 자판기가 회의실하고 멀지도 않은데요. 근데 굳이 멀리 앉은 여자 직원에게 시킨다니깐요."

이것도 여자가 더 깔끔하고 꼼꼼해서인 걸까. 남자는 커피 하나 뽑는데도 여기저기 흘리고 묻혀서 커피 맛을 떨어뜨릴까 봐? 아니면 혹시 손을 덜덜 떨면서 들어와서는 커피를 바닥에 쏟기라도 할까 봐?

가정에서도 별반 다르지 않다. 번거롭고 하기 귀찮은 일만 생기면 "이런 건 꼼꼼한 당신이 해. 나는 덜렁거려서 못 해"라며 슬그머니 여자에게 일을 넘긴다. 그러곤 아예 신경조차 쓰지 않는다. 나중엔 그런 일이 있었는지조차 모른다.

어떻게 된 일인지 자잘하고, 손은 많이 가도 표 안 나고, 폼도 안 나는 일에서는 "이런 건 여자들이 훨씬 잘하잖아요"라며 여자를 치켜세운다. 다른 건 다 남자가 뛰어나다면서. 마치 선택적 혹은 전략적 칭찬이라도 되는 것처럼.

언제까지 속아줘야 할까.

8

일은 잘하는데 상냥하질 못해

일하면서 차갑다는 말을 종종 들었다. 잘 웃지 않기도 했고 부탁을 흔쾌히 들어주는 편이 아니었다. 부탁은 몇 번 들어주다 보면 어느새 당연한 일이 되어버리고, 무리해서 해준들 상대는 잘 모를뿐더러 다음번엔 더 무리한 부탁을 한다. 어느 땐 관련 부서나 담당자가 따로 있는 일을 내게 가져오기도 했는데, 이런 경우 대체로 이유는 하나다. 그쪽은 불편하고 나는 만만하다는 거. 이럴 때 그냥 해주고 말면 그 일은 계속해서 내 일이 된다. 그래서 아무리 간단한 일이라도 담당자가 따로 있음을 상기시켜줬다. 나로선 합당하고 당연한 대응이라 생각하는데, 차갑다거나 어렵다는 평판으로 이어졌다.

그렇다고 이런 평판이 싫었던 건 아니다. 오히려 좋았다. 덕분에 오가다 쓸데없이 말을 거는 사람도, 농담 같지 않은 농담을 던지는 사람도 없었다. 특히 나이 좀 있는 남자 상사들. 도대체 어느 포인트에서 웃긴 건지도 모를 농담을 던지고 혼자 웃고 있으면 참 난처하다.

내가 처음부터 이렇게 시니컬했던 건 아니다. 신입 때는 누가 무슨 말을 해도 잘 들어주고, 그다지 재밌지 않은 얘기에도 잘 웃어주었다. 경력과 경험이 쌓이면서 친절을 친절로 받아들이지 않고 이용하는 사람도 적지 않다는 걸 알고부터는 불필요한 에너지는 쓰지 않기로 했다. 에너지는 업무에만 쏟기로.

게다가 난 일에 집중하면 인상을 쓰는 모양이었다. 한참 집중하고 있으면 간혹 뭐가 그렇게 심각하냐고 묻는 사람들이 있었다. 이런 내게 상사는 "좀 웃어"라는 말을 가벼운 듯, 하지만 그런 것 치고는 자주 했다. 그럴 때마다 의아했다. 하루 종일 모니터만 바라보고 일하는데(내 업무는 번역이었고, 일하면서 누군가와 대화를 나눌 일은 거의 없었다) 내가 누구를 위해서 웃고 있어야 하지? 난 되레 상사에게 "스트레스는 혼자만 받나, 하루 종일 구겨진 얼굴로 앉아 있고, 별것도 아닌 일에 인상 쓰고 목소리까지 높이는 게 누군데. 당신 하나 때문에 사무실 분위기가 아주 엉망이야. 얼굴 좀 펴라고!"라고 말하고 싶었지만 그럴 순 없었다.

회사에서 여자 직원을 평가할 때 일보다 '친절'이나 '상냥함' 등이 앞서는 건 흔한 일이다. "일은 잘하는데 무뚝뚝해" "일은 잘 모르겠는데 상냥하긴 해"라는 식으로. 일단 상냥하면 큰 점수를 얻었고 아무리 일을 잘해도 상냥하지 못하면 마이너스가 됐다. 이런 생각은 신입 여자 직원이 들어오면 확연히 드러난다.

신입이 여자라고 하면 무슨 이유에선지 다들 상냥하고 생글생글 잘 웃을 거라고 기대하는 듯했다. 미어캣처럼 고개를 쭉 빼고 온 신경을 신입에게 모았다가 기대와 달리 신입이 무뚝뚝한 편이거나 사무적인 말투를 구사하면, 언제 그랬냐는 듯 고개는 어느새 제자리로 돌아갔고 업무에 집중했다. 뒤에선 이런 말이 돌았다. "상냥한 편은 아닌 것 같아."

반면에 남자 직원에 대해서는 친절이나 상냥함을 논하는 일은 없었다. 어쩌다 남자 직원에게 확인할 게 있어 말을 걸었다가 너무나도 차가운 표정과 말투에 흠칫 놀랄 때가 있었다. '거참, 되게 쌀쌀맞네. 사람 무안하게'라는 생각이 들 정도였지만 여자들처럼 비난의 대상이 되진 않았다. 비난은커녕 '일에만 집중하는 스타일'이라며 오히려 감싸주는 사람도 있었고, "일만 잘하면 됐지 뭐"라는 사람도 있었다. 일은 잘하는데 상냥하질 못하다는 여자에 대한 평가와는 사뭇 달랐다. 무표정한 얼굴로 일에만 집중한다는 남자 직원에게 상사가 내게 했듯 "좀 웃어"라고 하면 그는 과연 어떤 표정을 지었을까? 그게 무슨 뜻인지 이해는 했을까?

간단한 의사결정이나 확인 등이 필요한 경우, 부서장은 종종 회의 대신 단체 메시지 방을 이용했다. 가볍게 묻는 것이니만큼 난 간결하게 대답했다. 예를 들면 '확인했습니다' '제 생각은 이러이러합니다' '참석 가능합니다' 혹은 '참석하기 힘들 것 같습니다'라는 식으로.

하루는 역시 단체 대화를 하던 중이었는데, 옆 동료가 내게 개인 톡을 보냈다.

"너무 사무적이다. 이모티콘이라도 하나 넣어. ㅎㅎ"

"이모티콘을 넣으라고?"

"그래야 좋아해. ㅋㅋㅋ 아니면 마침표 대신 ~라도 쓰든가."

딱딱하고 사무적인 말투는 아무리 회사라도 나이 많은 윗사람들은 별로 안 좋아한다며, 동료는 재차 이모티콘을 추천했다. 길게 말하지 않아도 이모티콘 하나면 분위기가 확 부드러워진다며. 난 "그런가?"라고 답하기는 했지만 그 말에 따르진 않았다. 예의가 없는 것도 아니고, 사무실에서 사무적인 대화를 하는데 너무 사무적이면 안 된다니.

내가 남자였어도 이런 조언을 들었을까. 아마도 아닐 것이다. 여성은 말과 표정도 모자라 글에서까지 상냥함을 보여줘야 한다. 맡겨놓기라도 한 듯 아무 때나 끊임없이 상냥함을 내놓으라고 한다. 그렇게 원하면 보채지만 말고 먼저 상냥함을 보여주는 게 나을 텐데.

9

애 낳는 게 애국이지

아이가 돌이 지나자 주변에서 슬슬 둘째 얘기가 나왔다. 어차피 나올 거면 '후딱' 낳아버려라, 키우는 김에 같이 키워라 등등. 난 그럴 때마다 무슨 얘기냐고, 그런 끔찍한 얘기는 하지도 말라며 기겁했다. 남편 역시 "아휴, 둘째는 아직 생각 없어요"라며 고개를 절레절레 흔들었다.

그러던 남편이 어느 날부턴가 은근슬쩍 둘째 얘기를 하기 시작했다.

"김 대리 알지? 몰랐는데, 김 대리는 애가 벌써 둘이라네?"

"그래?"

"어. 둘째는 딸인데 딸이 또 그렇게 예쁘다네?"

"예쁘겠지. 근데 힘들겠다. 첫째도 아직 많이 어리지 않아?"

"그치. 많이 어리지."

어느 날은 갑자기 "요즘 둘째가 유행인가, 내 주변에 왜 이렇게 둘째 가졌다는 사람들이 많지?"라며 의도가 뻔히 들여다보이는 말을 천연덕스럽게 꺼냈다. 난 모른 척하고 "유행할 게 따로 있지, 둘째가 어떻게 유행이 돼"라고 대답했다. 그러자 이번엔 좀 더 노골적으로 나왔다.

"아니, 그런 생각이 들 만큼 주변에 둘째 가진 사람이 많다는 얘기지. 친구들도 처음엔 하나만 낳는다고 하더니 결국엔 다들 첫째 외롭다며 둘째를 낳더라고." 난 냉정히 답했다. "인생은 어차피 외로워. 둘이나, 하나나. 안 그래?"

남편 입에서 둘째 얘기가 슬며시 나올 때면 난 딱 잘라 말했다. "우리에겐 둘째는 없어. 한 명도 벅차. 지금 그나마 여유가 있는 건 애가 하나라 가능한 거야"라고. 그럴 때마다 남편은 "그치. 하나도 벅차지"라며 말로는 수긍했다. 속마음은 어땠는지 모르겠지만.

어쩌다 날짜가 한참 지났는데도 생리가 시작되지 않으면 마음이 불안해졌다. 설마 임신은 아니겠지?

난 입덧이 심했다. 물만 먹어도 녹색 위액이 나올 때까지 토했다. 출퇴근이 불가능할 정도라 어쩔 수 없이 퇴사를 택했고, 출산 후 아이가 돌이 되기 전에 다시 취업했다. 만약 임신이면 모든 게 처음부터 다시 시작이었다.

모든 과정이 눈앞에 생생히 그려졌다. 퇴사 없이 입덧은 어떻게든 견뎌낸다고 치더라도, 입덧이 끝나면 배가 부르기 시작할 것이다. 배가 많이 불러오면 살이 당길 테고, 숨이 찰 테고, 밤엔 잠조차 편히 자지 못할 테지만, 다음 날 아침이면 커다란 배를 안고 출근해야 한다.

아이가 세상 밖으로 나오면 다시 몇 년간 내 삶, 내 시간 같은 건 없다. 지금은 회사에서 못 다한 일은 집에서 아이를 재운 후에라도 할 수 있지만, 둘이면 얘기가 달라진다. 시간도 시간이고 체력이 버티지 못할 거다. 그럼 분명 회사 생활에도 영향을 미칠 테고 다시 퇴사를 고민할지도 모른다.

혼자서 오만 생각을 하다 생리가 시작되면 그렇게 반가울 수가 없었다. 비록 생리통이 따라붙긴 했지만, 애 낳는 것보다 생리통이 백 배, 천 배, 아니, 만 배는 더 낫다.

이런 내 고민과 걱정을 한 번이라도 깊이 생각해본 적은 있는지, 매번 듣고도 모른 척하는 건지, 남편은 점점 대놓고 둘째 얘기를 꺼냈다. "우리도 둘째를 생각해보는 게 어때?"로 시작하더니 나중에는 "그냥 낳자"라는 말까지 나왔다.

낳기만 하면 애가 저절로 크는 것도 아니고 어떻게 키울 거냐는 내 말에 남편은 "낳으면 그때는 나도 많이 도와줘야지"('도와준다'는 말 자체부터 틀려먹었다)라거나, "그땐 사람을 써야지"(사람만 쓰면 다 해결되는 줄 안다. 사람을 쓰면 그 핑계로 더 아무것도 안 할 게 뻔한데), 혹은 "아니면 이참에 그냥 회사를 그만두어도 되고"(하… 할 말이 없다) 같은 말을 쉽게 내뱉었다.

그러면 이런 생각이 들었다. 후딱 낳아 첫째 키울 때 둘째도 같이 키우라는, 진짜 자기 일 아니라고 막 얘기하는 주변 사람들과 지금 내 옆에 있는 이 사람이 다를 게 뭐가 있나. 다 남 일이지. 역시 인생은 둘이나 혼자나 외로운 법이다.

남편에게 물었다.

"그럼 자기가 나 대신 배 부를래? 자기가 만삭의 몸으로 출퇴근도 하고, 애도 대신 낳고. 몸조리는 내가 잘해줄게. 아, 수유도 대신 하고."

"혼자만 하는 임신도 아니고 남들도 다 잘만 낳고 키우는데. 딱 1년만 고생하면 되잖아."

"그러니까 그 고생 자기가 할 거냐고? 그리고 딱 1년이면 된다고? 낳기만 하고 안 키워?"

"…."

가끔 요즘 여자들은 이기적이라서 아이를 안 낳는다는 얘기를 듣는다. 이에 대한 답은 1976년에 이미 리처드 도킨스가《이기적 유전자》에서 거론했다. 리처드 도킨스는 개개의 부모 동물은 가족 계획을 실행하는데, 이는 공공의 이익을 위해서라기보다는 최종적으로 살아남는 자기 새끼의 수를 최대화하기 위해서라고 했다.[10] 살아남는 새끼는 고사하고 당장 나부터 숨을 헐떡이는데 누구를 위해, 무엇을 위해 이타적이길 바라는 건지. 누군가에게 이타적이길 바라는 쪽이 훨씬 더 이기적인 거 아닌가 싶다.

인구가 국력이라거나, 노동력이 부족하다며 여자들은 아이 낳는 게 애국하는 길이라는 사람이 있다. 국가를 위해 노동력을 생산해내라는 말인지. 그들이 말하는 이타적인 삶의 범위는 어디까지인지 궁금해진다. 당장 오늘의 삶이 힘든 사람에게 국가를 생각하라는 건 오버 아닌가.

10 리처드 도킨스, 《이기적 유전자》, 을유문화사, 2022. 244쪽.

10

오늘 저녁 메뉴는 뭐야?

퇴근 시간이 다가오면 저녁 메뉴부터 고민이었다. 오늘은 또 뭘 먹어야 하나. 나 같은 사람이 많은지 검색창에 '저녁' 두 글자만 쳐도 '저녁 메뉴'부터 '오늘 저녁 뭐 먹지'까지 연관검색어가 주르륵 뜬다. 이것저것 살펴보고 가능하면 요 며칠 안 먹은 거, 재료가 대부분 집에 있거나 한두 가지만 사면 되는 거, 재료가 아예 없을 땐 가급적 적은 재료로 만들 수 있는 메뉴를 골랐다. 마트에 들러 집에 들어갈 때 짐이 한가득이면 집이 코앞인데도 몇 발자국이 천릿길 같고, 팔이 떨어져 나갈 것 같았다. 특히 달걀, 대파, 양파를 한꺼번에 사는 날이면 들고 다니는 가방 무게까지 더해져 가뜩이나 뭉친 어깨가 한껏 더 솟아오르고, 손가락은 피가 통하지 않아 하얗게 질렸다.

저녁을 먹고 설거지까지 마치고 나면 허탈감이 밀려왔다. 유난히 이러고 사는 게 맞나, 언제까지 이래야 하나 싶은 날이면 나도 모르게 맘카페를 찾았다. 그중에서도 직장맘 카테고리로 들어가 글을 하나둘 읽다 보면 '다들 비슷하게 사네'라며 작은 위로를 얻기도 했다.

직장맘 카테고리에는 자주 등장하는 질문이 하나 있다. 바로 "반찬 어떻게 하시나요?" 혹은 "괜찮은 반찬가게 추천해주세요" 같은 질문이다. 난 주로 거기에 달린 댓글을 살폈다. 괜찮다는 곳 몇 군데를 이용해봤지만 몇 번 먹다 보면 쉽게 질려 '힘들어도 내가 직접 하자'가 되고 말았다. 그러고 얼마 후면 다시 지쳐서 '밥 좀 안 먹고 살 수 없나' '밥 대신 알약 먹는 시대가 온다더니' 같은 말을 나도 모르게 중얼거리게 되었다.

아는 선배 중 한 명은 매일 아침 새벽같이 일어나서 아침상에 꼭 그날 새로 만든 반찬과 국을 올린다고 했다. 그게 습관이 돼서 식구들은 이젠 아침에 새 반찬과 국이 없으면 밥을 잘 안 먹는다고. 본인의 부지런함을 어필하려는 듯 보였지만 내겐 그다지 좋아 보이진 않았다. 새벽 시간을 밥하는 데 쓰다니. 그 시간에 차라리 책을 보는 편이 낫지 않나, 란 생각도 들었다.

후배 E는 곧 출산을 앞두고 있었다. E에게 출산 준비는 다 했냐고 물었다. 특별히 궁금해서 물은 건 아니고 만난 김에 물어본 거였는데, E에게서 생각지도 못한 대답이 돌아왔다. "네, 다 했어요.

아기 용품이랑 수유 용품, 외출할 때 필요한 것까지 이미 오래전에 사뒀어요. 며칠 전에는 저 조리원 들어가면 남편 먹으라고 곰국도 끓여서 소분해서 냉동실에 넣어놨어요." 웬 곰국? 출산이 내일모레인 사람이 사지 멀쩡한 남편이 먹을 밥을 걱정하다니, 누가 누굴 걱정하는 건지. 정작 남편은 그 곰국을 챙겨 먹기나 할지 궁금했다. 꺼내고 데우는 것조차 귀찮아서 밖에서 먹고 들어오진 않을지.

여자들은 아이를 낳으러 병원에 들어가는 순간까지도 왜 이렇게 밥 걱정을 해야 할까. 친구 중에도 외출할 일이 있으면 매번 식구들 먹을 밥을 미리 챙겨놓고 나온다는 친구가 있었다. 그러곤 식사 때가 되면 집에 전화를 걸어 냉장고에 뭐가 있으니 그것도 같이 꺼내 먹으라거나 뭐는 데워서 먹으라는 안내까지 해줬다. 그렇게까지 하고도 여전히 못 미더운지 "잘 먹었나 모르겠네"라고 했다. 보고 있자면 식구들 밥 때문에 어디 외출이나 제대로 할까 싶었다.

회식 때면 가끔 이런 질문을 받을 때가 있었다. "남편하고 아이는 저녁은 알아서 먹어?" 간단히 "네"라고 답은 했지만 매번 아리송했다. 아이 혼자도 아니고 남편이 있는데 '알아서' 먹냐는 건 무슨 뜻이지? 남편이 음식을 직접 해 먹냐는 건지, 냉장고에 있는 반찬을 잘 꺼내서 먹냐는 건지. 어느 쪽이든 이해는 되지 않았다. 나는 매일 내가 알아서 먹는데.

궁금했다. 남편은 회식 때 주변 사람들이 아내는 밥을 어떻게 먹냐고 물어보는지. 아니, 주변 사람은 됐고 남편은 내 밥 걱정을 해본 적이나 있는지.

퇴근길에 만나는 결혼한 여자 동료들끼리 자주 하는 대화가 있었다.

"오늘은 또 뭐 해 먹나."

"그러게. 먹는 것도 아주 일이라니까."

종종 나는 본업이 의심스러웠다. 회사는 그저 부업일 뿐이고 밥이 본업이 아닌지. 퇴근쯤이면 남편은 내게 카톡을 보내 물었다. "오늘 저녁 메뉴는 뭐야?" 마치 회사 근처 백반집 메뉴 묻듯. 그럴 때면 난 이렇게 말하고 싶었다. "난 식당이 아니야."

지금은 남자들이 밖에 나가 사냥해 올 동안 여자들은 아이를 돌보고 집안일을 하는 수렵시대도 아닌데 어째서 가족의 식사 준비는 여전히 여자 몫일까? 우리 할머니는 할아버지 못지않게 논일, 밭일을 했다고 들었다. 그런데도 할아버지는 늘 할머니가 해주는 밥을 먹었다. 엄마 역시 젊어서는 내내 밖에 나가 일을 했다. 그래도 아빠는 주방에 들어가는 일이 없었다. 내 상황도 별로 다를 게 없었다. 이런 말을 하면 남편은 나도 했다고 당당히 말한다. 15년이 넘는 결혼 생활 동안 손에 꼽을 정도로 한 걸 가지고. 그것도 남자에겐 대단히 훌륭한 일인가 보다.

우린 언제까지 이래야 할까?

11

우리 집은 와이프가 다 알아서 해

일하면서 가장 부러웠던 사람이 '아내가 있는 사람'이었다. 외부에서 걸려 온 전화에 대고 "자세한 건 저희 와이프랑 통화해보세요"라는 남자 직원이 얼마나 부러웠는지 모른다. 가끔은 부모님에게서 걸려 온 전화 같은데 그마저 "엄마, 그건 ○○엄마랑 얘기해봐요"라고 할 때면 그의 아내가 궁금해졌다.

갑자기 야근할 일이 생겼을 때 아내에게 전화를 걸어 "어, 난데, 나 오늘 늦을 거 같아"라는 짧은 한마디만 남기고 전화를 끊는 남자 직원은 또 얼마나 부러웠던지.

아이들 교육 얘기에 "우리 집은 와이프가 다 알아서 해서 난 잘 몰라"라며, 분명히 '우리 집'이라고 했지만 마치 남의 집 얘기하듯 하는 남자 선배는 신기하기까지 했다.

한 남자 상사가 퇴근 시간 전부터 뭔가 분주하다 싶었는데 아니나 다를까, "응, 그래, 그래. 거기서 보자고. 나도 곧 나가"라며 상기된 얼굴로 황급히 사무실을 빠져나갔다. 다음 날은 어김없이 초췌한 얼굴로 나타나서는 "아, 어제 무리를 했더니 힘드네. 나이를 먹긴 먹었나 봐. 옛날에는 이 정도로는 끄떡도 안 했는데"라며 아무도 묻지 않은 말을 했다. 옛날이라면 결혼 이후도 포함되는지, 그러는 동안 집안일과 아이들은 전부 아내 몫이었는지, 궁금하지 않을 수가 없었다. 분명 아내에겐 사람 만나는 것도 다 일이라며, 누구는 좋아서 만나냐고, 나도 집에 일찍 들어가고 싶다고 했겠지? 분명히 말하지만, 그날 저녁 남자 상사는 어느 때보다 밝고 달뜬 표정으로, 아주 기분 좋은 얼굴로 사무실을 나섰다.

나는 때때로, 아니, 자주 내게도 아내가 있었으면 했다. 정확히는 남자들이 말하는 아내 역할을 해줄 수 있는 어떤 존재(사람이든, 사물이든, 서비스든)가 있었으면 했다.

아침이면 밥이며 뒷정리며 아이 등교 따윈 아내에게 맡기고 나도 내 몸만 달랑 챙겨서 출근해봤으면. 바쁜 와중에 걸려 온 전화엔 "자세한 건 아내에게 전해주세요"라고 하고 그대로 하던 일에 집중해봤으면. 나는 '큰일'만 신경 쓰고 자잘한 일(가사와 육아를 비롯해 각종 집안 행사나 모임, 아이 학원 상담, 돈 관리, 은행 업무, 가족 여행 준비, 때론 이사까지)은 아내가 다 알아서 해줬으면.

갑작스러운 야근에 당황해서 남편, 엄마, 심지어 그다지 친하지도 않은 동네 아는 엄마에게까지 전화를 돌리는 대신, "나, 오늘 야근해"란 말만 남기고 맘 편히 일해봤으면 소원이 없을 것 같았다. 아니, 갑작스러운 야근이 아니어도 '오늘 일 좀 되네. 좀만 더 하다 갈까?' 하는 날이면, 아니, 그냥 왠지 집에 일찍 가기 싫은 날이면 가볍게 "좀 늦어"란 말만 전하고 여유롭게 나만의 시간을 가져봤으면 했다. 일하는 내내, '아이는 데려왔나? 밥은 먹였나? 숙제는 봐주고 있나? 준비물은 챙겨놨나?' 같은 걱정 따윈 내려놓고.

김민섭의 《대리사회》를 읽다 마음속 깊은 곳에서부터 울화가 치밀었던 적이 있다. 바로 다음 대목 때문이었다.

> 어느 술자리에서 나는 모 교수에게 "교수님은 아이가 태어났을 때 자주 돌봐주셨습니까?" 하고 물었다. 그러자 그는 "논문 쓰다가 집에 가보면 애가 갑자기 걷고 있더만, 허허" 하고 답했다. 그 자리에 있던 모두가 함께 웃었다. 그러니까 육아는 온전히 아내의 책임이었고 그는 거의 물러서 있었던 셈이다. 그때 나는 '와' 하는 감탄사를 내뱉었다. 그 자리에 있던 모두는 그것을 공부하는 사람의 멋스러움, 아니면 그로 인해 겪어야 할 통과의례 정도로 간단히 해석해냈다. 교수 역시 미안함이나 부끄러움보다는 '추억'으로 그것을 이야기했다.[11]

---

11 김민섭, 《대리사회》, 와이즈베리, 2020, 134~135쪽.

글을 잘못 읽었나 했다. 추억? 추억이라고? 아… 남자들에게 그 시간은 그저 추억이구나. '그땐 그랬지'라며 한 번씩 가볍게 돌아보는 추억. 다른 한쪽에서는 아무리 해도 끝이 없는 가사와 영영 크지 않을 것 같은 아이를 붙잡고 홀로 힘겹고 외롭게 보냈을 그 시간이.

책 속 남자들도 똑같은 말을 했겠지? "우리 집은 나 아니어도 아내가 다 알아서 해." "나는 있어봤자 도움도 안 돼."

지인 중에도 아내는 혼자서 어린아이 둘을 돌보느라 하루하루 힘겨운데, 남편은 늘 천진난만하게 "우리 와이프는 저 없이도 혼자서 다 잘해요"라는 사람이 있었다. 그러면서 그는 주중이면 늦게까지 지인들과 술자리를 가졌고, 주말이면 골프 약속을 잡았다. 보다 못해 한번은 아내가 혼자서 많이 힘들겠다고 하자, 그는 "우리 와이프요? 워낙에 애 보고 살림하는 거 좋아해서 뭐. 그리고 뚝딱뚝딱 다 잘해서 괜찮아요"라고 했다.

아내들은 처음부터 만능이었을까, 만능이 될 수밖에 없었던 건 아닐까. 다 알아서 한다고 힘까지 안 드는 건 아닌데. 남편들은 아내의 힘겨움을 진짜 모르는 걸까, 모른 척하는 걸까, 아니면 알고 싶지 않은 걸까.

12

애는 누가 봐줘요?

주말에 동네 마트에 들를 때면 항상 아이와 함께였다. 마트 사장님은 유독 아이들을 예뻐했는데, 우리 아이도 매번 알은체해주고 말을 걸어주었다. 그래서인지 나와 아이를 한 묶음으로 기억하고 있는 듯했다. 퇴근하면서 혼자서 마트에 들르면 사장님은 어김없이 물었다. "오늘은 꼬맹이가 없네요?" 그럴 때면 어색한 미소와 함께 "네" 하고 짧게 대답했다.

하루는 그날따라 내 출퇴근용 가방이 눈에 들어왔는지 "직장 다니세요?"라고 사장님은 물었다. 그때도 "아, 네"라고 간단히 답했다. 사장님은 지금껏 몰랐다며 "그럼 낮에 아이는 누가 봐줘요?"라고 물었다.

마트 사장님뿐만 아니라 세탁소 사장님도, 어린이집 친구 엄마들도 비슷했다. 내가 직장에 다닌다는 걸 알면 어김없이 물었다. “애는 누가 봐줘요?” 평소보다 퇴근이 늦은 날이면 걱정스러운 표정으로 “이제 퇴근하는 거예요? 그럼 지금 애는 혼자 있겠네”라고 했다. 내 대답은 한결같이 “네”뿐이었다. 딱히 더 할 말도, 할 수 있는 말도 없었다.

가끔은 더 보태서 이렇게 묻는 이들도 있었다. “안 피곤해요?” 그럴 땐 “피곤하죠”라고 답하면서도 궁금했다. 안 피곤할 거라고 생각해서 묻는 걸까, 피곤할 거 같아서 묻는 걸까. 피곤할 거 같아서 묻는 거면 ‘피곤하게 왜 그러고 살아요?’라는 건가?

아이를 낳고 회사를 다시 나갔을 때도 가장 먼저, 가장 많이 들은 질문은 아이는 누가 봐주냐는 거였다.

회식에라도 참석하는 날엔 돌아가며 여기저기서 물었다. “오늘 애는 누가 봐줘요?” 마치 돌림노래를 듣는 듯했다. 어느 상사는 “애는 어떡하고?”라고 묻기도 했는데 생각할수록 기분이 좋지 않았다. 엄마가 애를 안 보고 회식 자리에 왔냐는 말처럼 들렸다. 오지 말았어야 하나. 빠지면 빠진다고 눈치를 주고 참석하면 애는 어떡하고 왔냐고 하면, 나야말로 어떡하라는 말인지.

회사 단체 야유회 때는 더 했다. 팀 회식 때보다 더 많은 사람이 같은 걸 물었다. 그래서 한번은 아예 아이를 데리고 간 적이 있다. 그날은 애는 누가 보냐는 질문은 받지 않았지만 정말 너무너무 피곤했다. 애 살피랴, 주변 분위기 따라가랴.

지인 Y도 회식 때마다 듣는 질문이 "아이는?"이라고 했다. 하루는 갑자기 회식 공지가 떴고 빠지기 어려운 자리였다고 했다. Y는 급히 남편에게 전화를 걸어 일찍 올 수 있냐 물었더니 어렵다고 했고, 어쩔 수 없이 친정엄마에게 부탁해 엄마가 집으로 오기로 했다. Y는 퇴근하면서 회사 어린이집에 맡겨둔 아이 둘을 데리고 집으로 가 엄마에게 아이들을 넘겨주고, 그대로 Y는 회식 자리로 갔다. 이런 수고가 무색하게도 회식 자리에서 Y가 들은 말은 "아이들은 어쩌고?"였다고 했다.

회식에 참석한 남자 직원에게 아이는 누가 보냐고 묻는 걸 단 한 번도 들은 적이 없다. 외벌이든 맞벌이든 '당연히' 아이는 엄마가 보는 거라는 생각 때문일 거다. 남자 직원 중엔 분명 아내가 더 바쁜 사람도 있었다. 그런데도 그들에게 "아이는 어쩌고?" 같은 건 묻지 않았다.

이런 걸 보면 아이가 걱정돼서 묻는 건 아닌 듯하다. 그럼 왜일까? 왜 자꾸 여성들에게 아이의 안부를 묻는 걸까?

TV 예능 프로그램에 결혼한 여자 연예인이 초대 손님으로 나올 때가 있다. 이때 자주 등장하는 질문이 있는데, 다름 아니라 "이렇게 바쁜데 육아는 어떻게 하세요?"다. 그럼 대부분 비슷한 답이 돌아온다. "바빠서 제가 많은 시간을 함께하지는 못하는데, 시간 날 때면 꼭 아이들과 함께하려고 하는 편이에요." 그러면서 한마디를 덧붙인다. "아이들에게는 늘 미안하죠."

이런 장면을 볼 때면 일하는 엄마에게 아이는 누구 보냐고 그렇게 물어대는 이유가 결국 이거였나 싶어진다. 일하면서도 자꾸 죄책감을 들게 하고, 내 역할은 무엇보다 엄마임을 상기해주려는 것. 여자는 일보다는 아이를 돌보는 일이 우선이라는 말을 끊임없이 하고 있던 건 아닌지.

어느 날, 서점에서 여성 코너를 지나가다 이상한 점을 발견했다. 분명 코너명에는 '여성'이라고 쓰여 있었는데 놓인 책은 죄다 '부모' '아이' '육아'란 단어가 들어간 책이었다. 여성에 관련된 것이 육아밖에 없나? 사회가 여성에게 바라는 건 과연 육아뿐인 건가? 여자도 자기 일을 해야 한다며 여성의 사회 진출은 그렇게도 권하면서 왜 아직도 육아는 여성만의 몫인 걸까?

남편은 지금껏 "아이는?"이란 질문을 몇 번이나 받아봤으려나. "아이는?" 대신 "애는 엄마가 볼 거 아냐. 누구는 애 없나?" 같은 말을 더 많이 듣지 않았으려나.

예전엔 나 역시 여자 동료나 후배들을 보면 아이는 누가 봐주냐고 물은 적이 있었다. 아이 맡기는 게 쉽지 않다는 걸 잘 아니까. 이제는 일 관계에서 만나는 사이에선 상대방이 먼저 꺼내지 않는 한 내가 먼저 아이 얘기는 묻지 않는다. 아이를 묻는 순간 그 사람보다는 평범한 엄마 이미지가 떠오른다. 난 여성이 언제나 엄마로 보이는 게 싫다. 일할 땐 오롯이 일하는 사람으로만 보였으면 좋겠다.

13

여자는 늙으나 젊으나 꾸며야 해

할머니는 늘 말씀하셨다. 여자는 늙으나 젊으나 꾸며야 한다고. 실제로 할머니는 언제나 곱게 화장을 하셨다. 그 영향인지 막내 이모는 날 볼 때마다 말했다. “여자는 꾸며야 해. 회사 다닐 때도 대충 다니지 말고 잘 꾸미고 다녀.” 물론 늘 그 말은 흘려들었다. 아니, 그럴 수밖에 없었다.

아침은 항상 분주하고 정신이 없었다. 먹고, 치우고, 씻고, 아이 챙겨서 나오는 일만도 벅찼다. 그런 중에 아이가 “준비물이 뭔가 있었는데…”라며 뒤늦게 주섬주섬 책가방을 뒤적거리는 날이면 정신마저 혼미해졌다. 이런 건 미리미리 말해라, 그냥 가라, 빨리 움직여라. 한바탕 전쟁을 치르고 집을 나설 때 내 몰골은 처참함 그 자체였다. 꾸미는 건 고사하고 머리는 덜 말라 축축하고 스킨,

로션만 겨우 바른 얼굴은 칙칙했다.

회사에 도착하면 가장 먼저 화장실에 들렀다. 곧바로 빈칸으로 들어가 파우치를 꺼내 빠르게 쿠션을 얼굴에 펴 바르고 립밤을 발랐다. 나에게 화장은 이게 전부였다. 그래도 이게 뭐라고 이마저 안 하면 나도 모르게 저절로 고개가 수그러졌다. 무슨 죄라도 지은 사람처럼.

나와 달리 남자 직원들은 맨얼굴로도 당당히 출근했다. 아무리 푸석한 얼굴을 하고 와도 누구 하나 뭐라는 이가 없었다. 머리에 까치집이 있어도 농담처럼 "어제 술 좀 먹었나 봐" 하는 말을 듣는 게 전부였다. 나는 얼굴이 조금만 칙칙해도, 입술만 안 발라도 대번에 어디 아프냐는 소리를 들었다. 심지어는 집에 무슨 일 있냐는 말까지.

하루는 가방에 있어야 할 파우치가 보이지 않았다. 달랑 기초만 바르고 출근했는데. 하는 수 없이 옆자리 후배에게 쿠션을 빌렸다. 하루 종일 맨얼굴로 있을 자신이 없었다. 후배는 짧은 순간 내 맨얼굴을 스캔했는지 카톡을 보냈다. "언니, 생얼도 똑같은데요? ㅎㅎ" 난 뭔가 치부라도 들킨 듯 부끄러웠다.

한번은 회사에서 여자 직원을 대상으로 하는 자기 관리 강의가 있으니 관심 있는 사람들은 들으라는 공지가 있었다. 속으로 '왜 여자 직원 대상이지?' 했는데, 강의 제목이 '5년은 어려 보이는 메이크업과 옷 잘 입는 법'이었다. 순간 여러 생각이 들었다. 여자의 자기 관리는 메이크업과 패션인가? 그럼 남자의 자기 관리는 뭐지? 강의는 듣지 않았다. 시간이 아까울 것 같았다. 차라리 그 시간에 일을 하지.

대학생 때였다. 영어학원에 다녔는데 매번 맨얼굴에 머리만 질끈 묶고 다녔다. 어느 날 수업이 끝나고 간단한 티타임을 가졌는데 선생님이 물었다. "그런데 자옥 씨는 왜 화장을 안 해요? 하면 예쁠 것 같은데." 여러 시선이 쏠리는 게 느껴졌다. "아니, 뭐, 그냥"이라고만 할 뿐 어떻게 답해야 할지 몰랐다. 혼자서 집으로 돌아오면서 뒤늦게 대답이 생각났다. 공부하러 다니는 데 화장이 필요한가요?

직장을 다니기 시작했을 때도 주변에서 비슷한 소리를 들었다. "별로 꾸미는 데 관심이 없나 봐." 이때는 좀 버럭 했다. "회사 다니는 것도 힘든데 꾸미기까지 해야 해요?" 당시 집은 수원이고 회사는 서울이었다. 아침 7시 전에는 집을 나서야 회사에 제시간에 도착할 수 있었다. 안 그러면 9시 출근 시간에도 버스 안에 있을 확률이 컸다. 그런 상황에 잘 꾸미기까지 하려면 잠을 더 줄여야 했다.

선배 한 명은 아예 화장을 하지 않았다. 사람들은 선배에겐 더 노골적으로 말했다. "아니, 대체 뭘 믿고 화장을 안 하는 거야?" "그래, 안 해도 예쁜 거 알아. 아는데, 하면 지금보다 훨씬 더 예쁘

다니까." "화장은 기본 예의야." 이런 말에도 선배는 고개만 절레절레 흔들 뿐 어떤 대꾸도 하지 않았다.

그런 선배가 몇 번인가 저녁에 중요한 약속이 있다며 화장을 하고 온 날이 있었다. 그런 날이면 주변에선 유난을 떨었다. 거보라며, 하니까 얼마나 좋냐며. 근데 내 눈엔 안 하는 쪽이 훨씬 더 예뻐 보였다. 화장하니 오히려 선배의 매력인 맑고 투명한 피부도 가려졌고 동글동글 귀여운 눈매도 사라졌다.

한 모임에서 어느 여성이 말했다. "여자는 나이를 먹어도 꾸며야 하는 것 같아요." 어! 이거 우리 할머니가 하던 말인데….

난 '여자는'이란 말이 귀에 거슬렸다. 자기 관리 차원이라면 굳이 '여자는'이라고 해야 할까. '여자는' 대신 '사람은'이어야 하지 않나.

시인 케이틀린 시엘(Caitlyn Siehl)은 어느 시에서 이렇게 말했다. "예쁠 필요 없단다. 예뻐지고 싶지 않다면 말이야. 그건 네 의무가 아니란다." 나는 살짝 바꿔 말하고 싶다. 꾸미지 않아도 된다. 꾸미고 싶지 않다면. 그건 우리의 '의무'가 아니니까.

14

애는 엄마가 봐야 하는데

아직 걸음마도 못 뗀 아이를 두고 직장에 나갔다. 회사 사람들은 내게 말했다. "한창 예쁠 땐데, 애가 눈앞에서 아른아른하겠다." "애 생각나서 일도 손에 안 잡히겠네?" 그렇다고 해야 하나, 아니라고 해야 하나. 매번 적당한 답을 찾지 못했다. "네, 뭐…."

회사 밖에서 만난 사람 중 몇몇은 이러기도 했다. "애는 엄마가 봐야 하는데." "우리 애들은 내가 하나부터 열까지 다 챙겨주잖아." "나는 집사람한테 일하지 말라고 했어(우리 남편은 나보고 일하지 말래). 다른 거 하지 말고 애들만 잘 키워달라고." 그러면서 덧붙이는 말. "엄마가 안 본 애들은 어딘가 모르게 표가 나더라고."

그래서였을까. 아이를 친정엄마에게 맡기면서 가장 많이 신경 썼던 건 예의였다. 엄마가 키우지 않은 애들에게서 어딘가 모르게 표가 나는 게 예의일 테니. 적어도 할머니가 키워 버릇이 없다는 말은 듣고 싶지 않았다. 그런 탓에 아이가 조금이라도 버릇이 없다 싶으면 크게 꾸짖었다. 그 영향인지는 모르겠지만 아이는 어딜 가도 예의 바르다는 말을 들었다. 가끔 학부모 상담 때문에 학교에 가면 이러는 선생님도 있었다. “엄마가 일하시네요? 아이가 예의도 바르고 배려심도 많아서 집에 계신 줄 알았어요.” 다행이다 싶으면서도 ‘그래서 엄마가 집에 있는 줄 알았다’는 말은 꽤 거슬렸다. 진짜로 엄마가 집에 없는 아이들은 티가 나는 건가.

선생님과 달리 평소 일하는 나를 좋게 보지 않는 사람들은 언제나 한결같았다. 같은 행동도 예의나 배려 대신 눈치로 해석했다. “역시 엄마가 안 키운 애들은 눈치가 빠르다니까”라며.

가까운 지인 역시 나처럼 아이를 친정엄마에게 맡기고 있었다. 그 집 아이는 편식이 심했는데 보는 사람마다 이렇게 말했다고 한다. “할머니가 오냐오냐 키워서 그래. 엄마가 신경 써서 먹였으면 안 그럴 텐데.” 우리 아이는 편식 없이 뭐든 잘 먹었는데 사람들은 이렇게 말했다. “할머니가 키워서 골고루 잘 먹는 거야. 요즘 채소 안 먹는 애들이 얼마나 많은데.”

이런 일은 흔했다. 아이가 말을 예쁘게 할 때도, 말을 함부로 할 때도 다 엄마 대신 할머니가 키워서 그런 거란다.

이렇게 재밌는 사람들은 내게 종종 물었다. “어떻게 그 어린애를 떼놓고 나가서 일을 해? 마음 아프지 않아?” 질문인지 비난인지 알 수 없었지만 "마음이 왜 안 아파? 아파도 하는 거지"라고 마지못해 답하면 이런 말이 돌아왔다. "독한 것!"

한번은 한 지인이 회사에 있는데 아이가 많이 아프다는 연락을 받았다고 했다. 오후 반차를 내고 서둘러 집에 가보니 아이 상태가 심상치 않아 보였다. 곧바로 병원에 갔는데, 의사가 입원을 권해 입원 수속을 하고, 회사에 연락해 다음 날 쉴 수 있겠냐고 물으니 늦게라도 나오라는 말이 돌아왔다. 하는 수 없이 다음 날 오후에 출근했더니 만나는 사람마다 이랬다고 한다. "애 많이 아프다며? 대단하다. 그런데도 출근을 했어?" "이야, 진짜 독하다, 독해."

2019년 가을, 개봉 전부터 말이 많던 영화가 있었다. 바로 〈82년생 김지영〉이다. 소설을 영화로 만든다고 할 때부터 무척 궁금했다. 이 복잡한 얘길 어떻게 그려내려나.

영화는 혼자 봤다. 왠지 그러고 싶었다. 영화를 보는 내내 가슴이 저려왔다. 유독 마음에 꽂히는 대사들이 많았다.

기획실 김 팀장을 두고 사람들은 말했다.

"김 팀장님 독한데?"

"아, 독하지, 독해. 애 낳은 지 한 달 만에 복귀했다잖아."

아이를 키우면서 일하는 여자가 독하지 않을 방법이 있을까? 독한 마음 없이 말은커녕 제대로 걷지도 못하는 아이를 두고 과연 일하러 밖으로 나올 수 있을까?

그런데 똑같이 어린아이를 두고 일하러 나온 남자도 같은 말을 들을까? 김 팀장의 남편도 과연 '독하다'는 말을 들었으려나. 남편에게 물은 적이 있다. "애가 갓난아기일 때 일하러 가면 주변 사람들한테 독하다는 말 들어봤어?" 남편은 질문을 잘 이해하지 못했다. "독하다고? 왜? 뭐가 독해?"

남자는 여자만큼 아이에 대한 애착이 없다고 생각해서일까? 남자가 아이를 두고 일하러 나오는 건 너무나도 당연한 일인가. 애초에 남자에겐 육아와 일을 병행한다는 개념 자체가 없는 것 같다. 맞벌이여도 아이는 늘 엄마 책임이다. 드라마든 현실이든 어린아이를 안고 맡길 곳을 찾아 동동거리는 건 언제나 여자다. 그런데 이렇게 악착같이 일해도 돌아오는 건 독하다는 말뿐이다.

유독 일하는 여성에게만 쏟아지는 독하다는 말은 과연 어떤 의미일까? 안쓰러움에서 나오는 격려이자 응원일까, 아니면 "대단하다" "애쓴다, 애써"라는 식의 비난 섞인 야유일까? 혹시 여성의 노력이나 능력을 순순히 인정하고 싶지 않은, 그래서 어떡하든 폄하하고 싶은 얕은수는 아닐까.

영화에서 아이는 할머니가 잘 봐주고 있다는 김 팀장에게 양 이사는 말했다.

"할머니랑 엄마는 다르지. 애는 엄마가 옆에 딱 있어야 돼. 안 그럼 나중에 어디가 잘못돼도 잘못된다고. 성공하면 뭐 할 거야? 자식 농사 망치면 다 끝장나는 거지. 걱정된다."

진짜 걱정해서 한 말이었을까? 난 아니라고 본다.

15

여자가 다니기 좋은 회사잖아

여자 선배가 둘 있었다. 회사 분위기가 안 좋거나 상사와 문제가 생길 때면 두 선배는 먼저 나서서 팀원들 편을 들어주었다. "아니, 왜 그러는 거래? 도대체 무슨 생각을 하는 거야?" 그러면 팀원들은 힘이 났다. "그러니까요. 제 말이요." 팀원들은 이참에 그동안 참아왔던 불만을 하나씩 쏟아냈다. 선배들은 '다 얘기해. 그래야 풀리지'라는 표정으로 팀원들이 하는 얘기를 조용히 들었다. 얘기를 다 들어주나 싶었지만, 결론은 늘 이랬다. "에휴, 그러게. 왜들 그러는지. 그래도 어쩌겠어. 일단 하라는 대로 해보자." 어린 친구들은 눈치를 못 챘겠지만 결국 참으라는 얘기고, 시키는 대로 하라는 얘기였다.

이럴 때면 두 선배가 마치 약속이라도 한 것처럼 번갈아가며 하는 말이 있었다. "그래도 여기가 여자가 다니기에는 좋아." 이유는 간단했다. 정시 퇴근이 가능하고, 출퇴근 시간을 조절할 수 있고, 자기 일만 하면 다른 건 눈치 볼 게 없다는 거였다. 틀린 말은 아니었다. 지각한다고 뭐라 하는 이도 없고, 연차를 쓸 때도 이유 같은 건 묻지 않았고, 칼퇴근 역시 눈치 볼 필요가 없었다. 다만, 뭐라는 이는 없지만 지각이 누적되면 자동으로 연차가 깎였고, 이유는 묻지 않았지만 웬만한 개인사는 연차로 해결해야 했고, 칼퇴근은 가능했지만 늘 할 일은 넘쳐 집에서도 남은 일을 마저 해야 했을 뿐.

가끔 다른 회사 얘기가 들릴 때가 있었다. 그러면 하나둘씩 푸념을 늘어놓기 시작했다. "우린 진짜 복지가 너무 없어." "그러니까. 그렇다고 연봉이 높은 것도 아니고." "내가 아는 데는…." 그러다 보면 서로 말은 안 하지만 '아 씨, 다른 데 알아봐?'라는 표정들이 역력했다. 이때도 선배들이 나섰다.

"그래도 여자들이 애 키우면서 오래 다니기엔 여기만 한 데도 없어."

"돈 많이 주는 데는 그만큼 다 이유가 있는 거야. 맨날 야근해야 하고 일도 엄청 빡세대."

좀 전까지만 해도 오늘이라도 당장 이력서를 쓸 것 같던 얼굴들이 어느새 '에휴, 그냥 쭉 다녀야지. 이직은 무슨 이직이야' 하는 표정으로 바뀌었다. 심지어 아직 아이는 물론이고 결혼도 안 한 어린 친구들마저.

아이를 키우고부터 난 늘 정시에 퇴근했다. 분기에 한 번 있을까 말까 한 팀 회식이나 1년에 한 번 있는 전체 회식에도 남편의 협조가 없으면 참석할 수 없었다. 둘 중 한 명은 아이를 챙겨야 하는데, 남편은 항상 바쁘다 하니 달리 방법이 없었다.

하루는 10년 넘게 같이 일한 분의 송별회가 있었다. 이번만은 빠지고 싶지 않아 일주일 전부터 남편에게 일러두었다. 다른 일은 만들지 말라고, 제시간에 퇴근해서 아이를 보라고. 분명히 알았다고 했던 남편은 당일, 그것도 퇴근 시간이 다 되어 팀 회식이 잡혔다고 했다. 빠질 수 없는 자리라는 말과 함께. 뭐가 그렇게 매번 빠질 수 없는 자리냐고 따져 묻고 싶었지만, 그간의 경험에 비추어 보면 그럴 시간에 빨리 마음 접고 제시간에 퇴근해서 아이를 돌보는 편이 나았다. 그게 시간 낭비도 없고 정신건강에도 좋았다. 말해봤자 입만 아프고 스트레스만 쌓이지, 달라지는 건 없으니까.

그날 난 무겁고 미안한 마음으로 회사를 나와 다른 팀원들과는 달리 혼자서 집을 향했다. 나중에 들은 얘기지만, 그날 남편 회사 팀장은 “퇴근하고 다들 뭐 해? ‘별일’ 없으면 다 같이 술이나 한잔할까?”라고 했고, 그렇게 해서 잡힌 팀 회식이었다고 한다. 그러니까 내가 참석해야 했던 송별회는 ‘별일’이 아니었던 거다.

그만큼 내게 정시 퇴근은 무엇보다 중요하고 지극히 당연한 일이었지만, 남편에게는 그저 선택 사항이었다. 할 일이 남으면 무조건 일을 들고 집으로 향하는 나와 달리, 남편은 망설일 것도 없이 회사에 남았다. 그러다 남아 있는 사람들끼리 저녁을 먹고, 저녁은 자연스럽게 회식으로 이어졌다.

그뿐인가. 아침에 아이를 학교에 데려다주느라 출퇴근 시간을 30분씩 늦춘 것도, 아이가 아프면 반차를 내는 것도 나였다. 남편은 늘 바쁘고, 매번 중요한 미팅이 있다니까.

그래서일까? 그래서 여자에게 '애 키우면서 다니기 좋은 회사'가 필요한 걸까? 남자가 열심히 일 혹은 회식에 몰두하는 동안, 여자는 어떡하든 무슨 일이 있든 정시에 퇴근해서 아이를 돌봐야 한다.

여자가 애 키우면서 다니기 좋다는 말은 여자 선배들뿐만 아니라 남자 선배들도 자주 했던 말이다. 여기가 결혼한 여자들이 다니기엔 딱 좋지 않냐고. 그때마다 궁금했다. 그러면 결혼한 남자들에게는 안 좋은 회사란 말인가? 결혼한 남자가 다니기 좋은 조건 같은 건 특별히 없는 것 같다. '남자가 애 키우면서 다니기 좋은 회사'라는 말을 들어본 적이 없는 걸 보면.

그래도 요즘은 육아에 적극적으로 참여하려는 아빠들이 조금씩 늘고 있다. 내 주변만 봐도 비교적 젊은 아빠들 중엔 요일을 정해 아이 하원을 맡거나, 주중이 힘들면 주말은 전부 아이들을 위해

할애하는 아빠들이 있다. 바람직하게 변해가고 있다고 생각한다.

이젠 여자가 다니기 좋은 회사 말고 부모가 다니기 좋은 회사가 필요하지 않을까 싶다.

3장

우리는 조금 더 생각해봐야 한다

1

남편 혼자 마트에 보내면 안 되는 이유?

SNS에 '남편 혼자 마트에 보내면 안 되는 이유'라며 한 장의 사진이 올라왔다. 사진 속엔 남편이 사 왔다는 식료품이 가득했다. 주로 라면, 소시지, 과자, 맥주 등이었다. 본문엔 바빠서 남편 혼자 마트에 보냈더니 자기가 먹고 싶은 것만 잔뜩 사 왔다는 글과 함께 'ㅋ'이 열 개쯤은 나열되어 있었다. 푸념을 하는 건지, 재밌어하는 건지, 헷갈렸다. 댓글에도 'ㅋ'이 넘치는 걸 보면 아무래도 후자 쪽인 것 같았다.

'남편 혼자 애 보게 하면 안 되는 이유' '아빠에게 아이를 맡기면 안 되는 이유' 같은 제목이 달린 사진이 한동안 유행처럼 퍼진 적이 있었다. 사진 속 장면은 거의 엽기에 가까웠다. 젖병은 테이프 등으로 대충 고정해놓고 남편은 게임에 몰두하고 있거나(젖병이 아이 입에서 빠진 지 오래되어 보이는 사진도 여럿 있었다), 아이를 장난감으로 생각했는지, 아이 얼굴에 이상한 그림을 그려놓거나 봉지에 담아놓거나 어딘가에 묶어놓은 사진들이 보였다.

'남편에게 강아지(고양이)를 맡기면 안 되는 이유' '남편 혼자 집 보게 하면 안 되는 이유' 등도 자주 본다. 주로 맡겨놨더니 사고를 쳤다는 내용이다.

이런 글을 보면 '남편'이란 존재가 궁금해진다. 어떤 존재이길래 성인이 혼자 장도 못 보고, 집도 못 보고, 하물며 자기 자식 돌볼 줄도 모르는지. 왜 다 큰 어른이 애처럼 구는지.

그런데 그런 존재를 두고 사람들은 손가락질은커녕 재밌어한다. 댓글엔 가끔 "남편분 귀여우시네요"란 반응도 보인다.

이럴 때마다 반대의 경우를 생각해본다. 남편이 아니라 아내가 이랬다면 어땠을까? 아내가 장을 봐 왔는데 라면, 소시지, 과자만 한가득이라면, 아이는 대충 혼자 놀게 하고 아내는 자기가 좋아하는 일에 빠져 있다면, 집에 혼자 있으면서 집 안을 엉망으로 만들어놨다면, 과연 남편들은 어떤 반응을 보였을까? 그때도 똑같이 재밌다는 반응을 보였을까?

외국 관광객이 우리말을 하면 아무리 어설퍼도 노력이 가상해서라도 좋게 봐준다. 그 정도면 훌륭하다며. 큰 실례나 실수를 범해도 화를 내기는커녕 오히려 재밌어하며 껄껄 웃는다. 딱 이런 느낌이다. 남편이 집안일 할 때의 느낌이. 반면 아내는 내국인이다. 우리말에 능숙한 건 너무나도 당연하다. 실수나 어설픔은 비난의 대상이지, 재미와는 거리가 멀다. 알바생과 직원에 비유하면 더 와 닿으려나. 알바생이 미숙한 건 충분히 있을 수 있는 일이지만, 직원은 다르다. 직원이 미숙하면 핀잔 혹은 질타를 받는다.

같이 사는 집이고 함께 낳은 아이인데, 남편의 책임은 늘 더 가볍다. 밖에선 뛰어난 사람들이, 무엇보다 성실한 사람들이 집에만 오면 한없이 부족하고 나태해진다. 그런데 그게 재미와 유머가 된다. 아내는 바깥일이든 집안일이든 작은 실수 하나에도 손가락질을 받는데.

스스로 대한민국 중년 남성이 제일 불쌍하다는 남성들을 종종 본다. 책임은 무겁고 대접은 못 받는다며. 혹시 이런 심정에서 하는 말이려나.

"아이들 학비에, 생활비에, 노후 자금까지, 생각만 해도 숨이 턱턱 막힌다. 일은 언제까지 해야 하나. 한두 달만이라도 쉬고 싶은데, 그럴 수도 없고. 에휴, 이런 고민은 나만 하지. 다들 속 편하게 벌어다 주는 돈 쓸 줄만 알고. 특별히 가장 대접을 받는 것도 아닌데 내가 뭐 하러 이렇게 사나 몰라. 나는 그저 이 집에서 돈 벌어다 주는 기계지, 기계."

안쓰럽고 안타깝다. 그러게, 왜 짐을 혼자 다 짊어지고 힘들어하는지. 아내와 나누어도 됐을 텐데. 대신 아내에게 일임한 집안 일과 육아를 자신이 좀 덜어 오면 됐을 텐데.

주변에서 어쩔 수 없이 일을 그만뒀다는 여성들, 더 이상은 못 하겠다며 이쯤에서 그만둬야 할 것 같다는 여성들, 혹은 굳이 이렇게 악착같이 일할 필요가 있나 싶다는 여성들을 자주 본다. 이유는 하나다. 일과 육아와 가사노동을 동시에 책임질 수 없는 상황이거나 그럭저럭 버티다가 더 이상 버틸 힘이 없어진(혹은 의미를 잃은) 상황이다.

난 이들이 더 안쓰럽다. 중년 남성들은 치열한 경쟁에서 살아남아야 하는 압박감과 부담감이 얼마나 큰 줄 아냐고 하지만, 능력이 있는데도 중도에 포기해야 하거나 여건상 최선을 다할 수 없거나 아예 시도조차 못 하는 사람들에게 난 더 마음이 쓰인다.

손아람 작가는 《세상을 바꾸는 시간, 15분》에서 '차별 비용'이란 말을 했다. 여성이 자기 일을 할 수 없게 편견과 한계가 부여되면 경제적 활동이 줄어들고, 그것은 고스란히 남성의 몫으로 돌아가 남성이 추가적인 일과 의무를 부담하게 된다며, 차별은 비용을 치른다고 했다.

가사와 육아를 전적으로 아내 일로 여기며 집 안에서 대접받기를 포기하지 않는 한, 경제적 부담은 언제까지고 남편 혼자 짊어져야 한다. 집안일은 여자가 할 일이라면서 나가서 돈까지 벌어

오길 바라는 건 이기적이고도 염치없는 일이다.

혹시라도 월례 행사처럼 기분 내킬 때 한 번씩, 했다는 데 의미를 두고 대충, 혹은 아내가 하는 일 열 가지 중 하나를 겨우 거들고는 "나도 많이 한다"며 당당히 말하는 남성이 있을지도 모르겠다. 안타깝지만 그건 오히려 아내가 바깥일에서 아예 손을 떼게 만든다. 아내는 충분히 이렇게 말할 수 있다. "그래? 그럼 집안일은 나 혼자 할 테니 당신은 돈만 벌어. 대신 난 일을 그만둘게." 처음엔 가벼운 마음으로 "오케이"라고 할지 몰라도, 그 무게는 지금과는 비교가 안 되게 날이 갈수록 무거워질 것이다.

'남편 혼자 ○○○하면 안 되는 이유' 같은 건 없다. 전혀 재밌지도 않다. 아내는 처음부터 능숙했을까? 처음부터 멀티플레이가 가능했을까? 남편도 충분히 할 수 있는 일지만 안 하는 것뿐이다. 가끔 우리 남편은 나 없으면 아무것도 못 한다는 말을 자랑처럼 하는 여성을 본다. 자신의 존재감을 그런 식으로 느끼고 싶은 거겠지만, 잘 생각해봐야 한다. 그 말이 나의 족쇄가 되고 있지는 않은지.

○○○에 들어가는 항목이 늘어날수록 아내는 집안일에서, 남편은 경제적 부담에서 벗어나기 힘들다. 서로에게 득보다는 실이 훨씬 크다.

②

띄운 공 몇 개는 내려놔도 된다

직장맘이었던 나는 늘 아이에게 미안했다. 다른 아이들보다 일찍 어린이집에 보내는 것도, 학교에서 돌아오면 엄마 대신 할머니나 이모님이 있는 것도, 친한 엄마들이 없어 엄마 모임을 겸한 아이들 모임에 끼워줄 수 없는 것도, 좀 더 커서는 간식이나 밥을 혼자 챙겨 먹게 하는 것도 다 마음에 걸렸다. 그만큼 아이에게 미안하다는 말도 자주 했다. 그럴 때마다 아이는 어른스럽게 아니라며, 엄마도 고생하는 거 다 안다고 했지만, 난 그 말에 또 미안해졌다. 철이 일찍 든 것도 내 탓 같아서.

이렇게 생각하는 데는 주위도 한몫했다. 주변 사람들은 아이에 관한 거면 뭐든 남편 대신 내게 말했다. 학원을 너무 일찍부터 보내는 거 아니냐, 애 혼자 두면 위험하다, 영어를 아직도 안 시키면 어떡하냐는 등. 어떤 이는 이런 말도 했다. "엄마 잘못 만나서 애가 고생이다." 꽤 가까운 지인이었는데, 듣는 순간 멍해서 아무 대꾸도 하지 못했다. 내가 이런 말을 듣는 동안, 사람들이 남편에게 한 말은 딱 하나뿐이었다. "바쁘더라도 틈틈이 놀아줘."

가끔 주변 일하는 엄마들에게서 "다 저 때문인 거 같아요"라는 말을 들을 때가 있다. 아이가 성장이 늦어도, 버릇이 없어도, 학습이 뒤처져도, 친구들과 잘 어울리지 못해도, 집중력이 떨어져도, 엄마인 자기가 옆에 있어주지 않아서 그런 것 같단다. 그럴 때면 마음이 아프다. 절대 그렇지 않다고 얘기해주지만 크게 힘이 되진 않는 것 같다. "그럴까요?"라는 힘없는 답만 돌아온다.

일하는 엄마와 달리 일하는 아빠가 "다 제 탓 같아요"라고 말하는 경우는 본 적이 없다. 대신 아빠들은 이렇게 말했다. "저 정도면 훌륭한 아빠죠. 주말마다 같이 놀아주죠, 요리도 가끔 해주죠. 저만큼 하는 아빠도 없을걸요?" 엄마보다 더 아이 옆에 있어주지 못하는데도 말이다.

회사에서 여자 직원들끼리 모이면 이런 대화가 오갔다.

"남편이 많이 도와줘요?"

"도와주긴 뭘 도와줘요."

다들 한숨을 내쉬는 가운데 누구 하나가 "저희 남편은 다른 건 몰라도 저녁 설거지는 꼭 해줘요"라든가, "평일은 못 해도 주말에 한두 끼 정도는 남편이 꼭 하려고 해요"라든가, "다른 건 안 해도 쓰레기 하나는 꼬박꼬박 내놔요"라고 하면 일제히 같은 반응을 보였다. "훌륭하네. 그 정도만 해줘도 괜찮지."

남편들은 더 당당한 것 같다. "나 정도면 괜찮은 남편이지. 월급 꼬박꼬박 갖다주지. 도박을 하나, 바람을 피우나, 폭력을 쓰나. 이만하면 괜찮은 거 아냐?"라는 말을 자랑처럼 얘기한다.

훌륭한 남편, 아빠는 어쩜 이리도 많고 되기도 쉬운지. 반면에 아내, 엄마는 뭐가 그리 부족하고 다 자기 탓이라는 건지. 《저는 남자고, 페미니스트입니다》에서 최승범은 이렇게 말했다.

> "짝꿍의 주변 사람들 사이에서 나는 꽤 괜찮은 남편으로 알려져 있다. 돈을 벌어 오면서 가사노동도 하고, 술과 담배를 안 하고, 퇴근하면 곧장 집에 들어온다고. 그런데 이 모든 것은 짝꿍에게도 해당되는 얘기다. 하지만 내 주위 사람들은 그런 이유로 짝꿍을 좋은 아내라 이야기하지 않는다. 남자는 기본만 해도 칭찬을 받는데. 남편으로 살기 참 쉽다."[12]

어느 리얼리티 프로그램에 한 부부가 나왔다. 둘은 식탁에 마주 앉아 있었는데 분위기가 심상치 않았다. "내가 나 힘든 거 알아

12 최승범, 《저는 남자고, 페미니스트입니다》, 생각의힘, 2021, 170쪽.

달라는 거 아니야. 근데 오빠는 항상 사람들 앞에서 나는 살림이고 뭐고 아무것도 안 하는 사람처럼 말하잖아." 아내가 먼저 말을 꺼냈다. 남편은 대꾸가 없었다. 아내는 한숨을 깊게 쉬고는 이야기를 이어갔다. "그러면 나도 에이, 내가 집안일을 많이 못하긴 하지, 싶다가도 내가 뭘 그렇게 못하나, 하는 생각이 들어." 오랫동안 참아왔는지 아내의 눈에선 눈물이 고였고 어느새 주르륵 흘러내렸다. 남편은 여전히 대꾸가 없다가 아내가 흐느껴 울기 시작하자 그제야 짜증 섞인 목소리로 말했다. "됐어. 그만해!" 그 짜증은 미안함이었는지, 단지 듣기 싫음이었는지는 모르겠지만.

'내가 뭘 그렇게 못하나.' 나 역시 수백 번 했던 생각이다. '살림'이란 말만큼 일하는 여성에게 부담되는 말이 없다. 뭘 얼마나, 어떻게 해야 살림 잘한다는 말을 듣는 건지. 꼭 잘해야 하는 건지. 매일매일 출근하면서도 꼬박꼬박 밥하고 빨래하고 틈틈이 청소하면 됐지, 뭘 얼마나 더 해야 하는 건지. 그렇다고 사람을 쓰면 쓰는 대로 "너는 일만 하고 살림은 하나도 안 하겠다?"라는 시비인지 시기인지 알 수 없는 말이 돌아온다. 내가 도대체 어떻게 하길 바라는 건지 알 수가 없다.

살림뿐인가. 육아는 미룰 수도, 안 할 수도 없다. 이미 녹초가 된 몸이지만 아이를 보면 어떻든 다시 힘을 내게 된다.

통계청과 여성가족부가 발표한 〈2020 통계로 보는 여성의 삶〉

에 따르면, 맞벌이 가정에서 여성의 가사노동 시간은 3시간 7분으로, 남성(54분)보다 3.4배나 더 많았다. 여기서 얼마나 더 해야 '훌륭한'은 고사하고 괜찮은 아내, 괜찮은 엄마가 되는 걸까?

캐럴라인 냅은 여성들의 삶을 동시에 띄워놓은 공 아홉 개가 하나라도 떨어지지 않도록 던지고 받기를 계속해야 하는 상황으로 묘사했다.[13] 이보다 더 정확한 비유가 있을까 싶다. 공이 하나만 떨어져도 기다렸다는 듯이 어디선가 비난이 날아오거나, 아니면 스스로 자책한다. 내가 더 정신을 차렸어야 하는데, 더 힘을 냈어야 하는데, 라면서.

오마이뉴스의 박정훈 기자는 남성들을 향해 "이만하면 괜찮은 남자는 없다"고 일침을 놓았다. 나는 여성들을 향해 말하고 싶다. 그만하면 괜찮다고. 띄운 공 몇 개는 내려놔도 된다고. 아니면 옆 사람에게 반쯤 넘겨주라고.

13 캐럴라인 냅, 《욕구들》, 북하우스, 2021, 297쪽.

3

저런 건 보통 여자들이 하지 않아?

A 차장은 남자고 결혼했다. 그는 매일 아침 빵과 우유를 들고 출근했다. 그렇게 아침을 해결했다. 사무실에는 그런 남자들이 몇 있었다. C 팀장도 종종 아침에 김밥을 사 들고 왔다. 출근 복장에 어울리지 않게 한 손에 검은 비닐봉지가 들려 있으면, 그날은 집에서 아침을 못 먹고 나온 날이다. 다만 김밥은 냄새가 날 수 있어서 C 팀장은 주로 휴게실에서 김밥을 먹었다. 몇 번인가 휴게실에서 김밥을 먹고 있는 C 팀장과 마주한 적이 있는데, 나도 모르게 순간 멈칫했다. 먹는 데 방해도 될 것 같고 괜히 내가 민망하기도 했다. 그런 나와 달리 C 팀장은 별로 개의치 않는 것 같았다. "아침 먹었어요? 난 안 먹어서"라며 오히려 먼저 인사를 건네고 김밥을 마저 먹었다.

지루한 사무실에서 이런 건 좋은 얘깃거리가 됐다. 대놓고 말은 못 해도 뒤에서는 꽤 수군거렸다. "부인은 뭐 해?" "부인이 출근이 더 빠른가?" "그래도 그렇지, 애도 있는데 아침밥은 먹을 거 아냐" "부부 사이가 전부터 안 좋다는 말도 있더라고" "그래서 밥도 안 차려주는 건가?" 등등. 이실직고하자면 나도 이 대화에서 완전히 빠졌다고는 말 못 하겠다. 이런 얘기가 나오면 무슨 연예뉴스라도 되는 양 열심히 듣고 맞장구까지 쳤으니.

근데 지금 생각해보면 참 재밌다. 아침은 꼭 여자가 차리란 법이 있나? 아내가 안 차려주면 남자는 밥을 못 먹나? 스스로 차려 먹든, 밖에서 사 먹든, 아니면 굶든, 아침 정도는 알아서 해결할 수 있을 텐데.

아침 못 먹고 나오는 일은 나도 허다했다. 급할 땐 아이만 얼른 챙겨 먹이고 난 사무실에서 빵과 우유를 먹거나 때론 커피 한 잔으로 때우는 일도 많았다. 이런 나를 두고도 사람들은 뒤에서 수군거렸으려나. "저 집은 남편이 아침도 안 챙겨주나 봐"라고. 설마. 대신 이런 말은 했을 수 있겠다. "남편은 챙긴 거야?" "남편도 밥 못 먹고 나갔겠네?"

J 부장은 아이 교육에 관심이 많았다. 그만큼 투자도 많이 했다. 경제적 투자는 물론 시간적, 심적 투자까지. 고등학생인 아이의 학원 스케줄에 맞춰 퇴근도 하고, 입시엔 체력이 중요하다며

아이를 데리고 새벽 운동도 다녔다. 당연히 입시 정보쯤은 줄줄 꿰고 있었다. 아이가 고3이 되었을 땐 그도 함께 고3이 된 줄 알았다. 얼마나 신경이 날카롭던지, 아빠가 옆에서 저러고 있으면 아이가 얼마나 부담스러울까 하는 걱정마저 들었다.

하루는 아이가 신경과민으로 쓰러졌다며 결근을 한 적이 있는데, 이후 며칠간은 그도 곧 쓰러질 기세였다. 사람들은 J 부장을 두고도 한 소리씩 했다. "안쓰럽긴 한데 좀 너무 심한 거 아냐?" "애 교육은 보통 엄마들이 많이 챙기지 않나?" "아무리 엄마가 바빠도 그렇지, 엄마는 신경을 하나도 안 쓰는 거야? 어떻게 아빠가 다 해?" J 부장의 아내는 꽤 잘나가는 광고 회사 대표였다.

B 과장의 연차는 자주 이슈가 되었다. 그래서 그런지, 남들보다 연차를 자주 쓰는 느낌이었다. 실제로 날짜를 정확히 따져 본 건 아니지만 "B 과장 오늘 연차래"라고 하면 자연스럽게 다들 "또?"란 반응부터 나왔다. 그의 연차가 이슈가 되는 이유는 출결 사항란에 적힌 연차 사유 때문이었다. 그는 종종 사유란에 '집안일' '육아' 혹은 '유치원 상담'이라고 썼다.

B 과장의 연차 사유가 처음 알려진 계기는 이렇다(사람들은 보통 누군가의 연차 사유 따위엔 관심이 없다. 그리고 다들 '개인사'라고만 적는다). 어느 날, B 과장과 상의할 게 있어 그를 찾았던 직원이 그가 계속 보이지 않자 혹시 연차인가 싶어 출결 사항을 클릭했다가 우연히 연차 사유를 본 것이다. 그러곤 사유가 재밌다며 누군가에

게 전했고, 그건 다시 누군가에게 전해졌다. 그렇게 해서 사람들은 그가 연차라는 걸 알게 되면 괜히 한 번씩 연차 사유를 클릭했다. 특히 '집안일'이라고 적힌 날이면 뒤에서 키득거리는 일도 있었다. "도대체 자기가 어떤 집안일을 하길래 연차까지 써"라며.

B 과장의 연차 사유가 이렇게까지 관심을 받게 된 건 필요 이상 구체적인 것도 이유였지만, 아마도 B 과장이 남자라서 그러지 않을까 한다. 여자인 내가 그렇게 적었어도 그게 이야깃거리가 됐을까. 그냥 그런가 보다, 하지 않았을까.

여성을 가사나 육아와 연결하려는 노력만큼이나 남성을 그런 일과 떨어뜨리려는 노력도 만만치 않다. 남자 직원이 아침을 회사에서 해결하는 것이, 아내보다 아이 교육에 더 힘쓰는 것이, 집안일이나 육아를 사유로 연차를 쓰는 것이 어째서 험담거리가 될까. 남자에게도 가사에 적극 참여할 권리가 있고, 일보다 가정을 더 우선시할 자유가 분명히 있는데.

난 어릴 때 아빠와 함께한 기억이 별로 없다. 어쩌다 큰맘 먹고 주말 나들이 정도는 한 적이 있어도, 평일엔 저녁 늦게 얼굴을 마주치는 게 다였다. 그나마 아빠는 다음 날 일찍 출근해야 해서 일찍 잠들었다. 아빠와 깊은 대화를 나눈 건 내가 결혼을 하고 아이를 낳은 후인 것 같다. 지금도 그렇지만 아빠는 늘 일하는 사람이다.

남편에게 아이와 추억을 많이 만들라고 이야기하곤 한다. 특별히 날을 정해서 이벤트를 만들라는 것이 아니라, 소소한 시간을 자주 함께 나누고 대화도 많이 했으면 좋겠다고. 나중에 아이에게 단지 일하는 사람으로만 기억되지 않길 바라는 마음에서다. 남편의 대답은 늘 비슷하다. "나도 그러고는 싶은데 쉽지 않아."

여성의 사회 진출을 많이 얘기하지만, 그것 못지않게 중요한 것이 남성의 가정 진입이다. 남성이 가정으로 들어와야 여성도 사회로 나갈 수 있다. 그렇지 않으면 사회로 나간 여성에게 돌아오는 건 이중 노동뿐이다.

남성의 출산휴가나 육아휴직 제도는 마련됐지만 여전히 쓰기 힘든 상황이고, 쓴다고 해도 누군가는 이런 말을 할 것이다. "회사에서 성공할 마음은 없구나." 굳이 육아휴직이 아니어도 퇴근만 제때 해도 비슷한 말이 나온다. "일에는 큰 뜻이 없나 봐" 같은 말이.

미국 배우 앤 해서웨이는 UN 연설에서, 남성의 가정 진입을 막는 건 남성과 여성 모두와 아이들에게까지 영향을 끼친다며 남성 해방을 이야기했다.

남성과 가정을 분리해서 생각하고, 남성이 가정일에 참여하는 걸 낯설어하고, 뒤에서 수군거리거나 심지어 눈치마저 주는 일은 이젠 좀 멈춰야 하지 않을까?

4

차라리 불편해지고 싶다

〈옥탑방의 문제아들〉이란 TV 프로그램에 안무가 배윤정이 나왔다. 배윤정은 MC 김숙이 개인적으로 춤을 가르쳐달라고 하는데 좀 불편하다고 했다. 이유를 묻자, 제대로 배우지 않을 것도 같고 서로 부딪힐 것 같다고. 이 말을 들은 김숙은 특유의 말투로 "사람들이 날 불편해하더라. 근데 그게 너무 좋아. 사람들이 다 날 불편해했으면 좋겠어"라고 했다.

나 역시 회사 생활을 하는 동안 사람들이 나를 어려워했으면 했다. 그래야 말을 함부로 하지 못하고, 무리한 요구도 아무렇지 않게 하는 일이 없을 테고, 쉽게 책임 전가할 수 없을 테니까. 거기다 시답지 않은, 때론 불편하기까지 한 말을 농담처럼 던지고 웃어주길 바라는 일도 없을 테니까. 경험해본 바, 이런 일은 애초에 잘 대응하지 않으면 정도와 끝을 몰랐다. 내가 생각해낸 방법은 하나였다. 최대한 불편하고, 쉽게 대할 수 없는 사람이 되는 것.

예를 들면 이런 거다. 말 같지 않은 농담엔 정색하기, 부당한 지시엔 반박할 만한 자료와 함께 내 입장과 생각 전하기, 책임 전가를 대비해 증거 문서를 남기고 필요하다면 제시하기. 당연히 달가워하진 않았다. 대신 나를 쉽게 대하지도 않았다.

흔히 성공했다는 여성이 불쾌하거나 불편한 상황에는 오히려 더 우아하게 대처해야 한다고 말하는 경우를 종종 본다. 여기서 '우아하게'란 감정을 노골적으로 드러내지 않으면서, 차분하지만 할 말은 다 하는, 이라는 복잡하고도 어려운 뜻이 담겨 있다.

내게도 비슷한 말을 하는 사람이 있었다. 상대방 신경을 건드려서 좋을 게 뭐가 있냐며, 싫어도 웃는 얼굴로 대하라는. 답답하고 억울했다. 나도 우아하게 대처하고 싶고 웃는 얼굴로 대하고 싶지만, 그러면 안 듣는걸. 안 듣기만 하면 다행이지, 만만하게 보고 쉽게 무례하게 구는걸.

'우아하게'라는 건 가진 게 있는 사람이 부릴 수 있는 여유이자 특권이다. 지위나 권위, 물질, 뭐라도 가진 게 있는 사람은 느긋하게 기다릴 수 있다. 상대적으로 우아함을 갖추기 쉽다. 긴 설명을 안 해도, 굳이 감정을 드러내지 않아도 주변에서 알아서 살피니까. "이 방법밖엔 없는 거죠?"라는 한마디에도 "그렇긴 한데… 좀 더 알아볼까요?"라는 말이 돌아오는 것처럼.

반대의 경우는 있는 힘껏 목소리를 내도 잘 가닿지 않는다. 대신 시끄럽다거나 성가시다는 말이 돌아올 뿐.

살면서 지금까지 다짜고짜 나를 위아래로 살펴보는 사람을 여럿 봤다. 말투에도 무시와 지시가 섞여 있었다. 남편의 한 후배는 말 중간중간 "그건 이렇게 하시지" "이렇게 하지 그러셨어요"라고 했다. 그러더니 급기야는 "사회생활 하다 보면"이란 말도 했다. 사회생활은 했어도 내가 그보다 몇 년은 더 했을 것 같은데.

기껏 의견을 얘기했더니 "말이 많다"는 말이 돌아온 적도 있다. 이에 항의하면 이번엔 "기가 세다"라는 말이 돌아와 할 말을 잃게 했다. 친지 모임에서는 다른 이들에겐 일 얘기나 사회문제를 논하고, 내겐 주로 아이나 살림 얘기를 한다. 일이든 사회문제든 아는 척을 할라치면 대놓고 배제하거나 무시할 때도 있다.

이럴 때면 당황스러워 내가 무시받을 만한 행동을 했나, 지식이 부족했나, 곰곰이 생각해본다. 아무리 생각해봐도 답을 찾지 못할 때가 있다. 그럴 때 답은 하나밖에 없다. 내가 여자라는 것.

우아하게 대처하라는 말을 들으면 궁금해진다. 무슨 말을 해도, 어떤 행동을 해도, 아니, 어떤 행동도 하지 않아도 처음부터 날 낮잡아 보는 사람에게 부드럽고 우아하게 대처하는 것이 맞는 것인지. 다들 이게 가능한 건지, 나만 어려운 건지.

《한국 남성을 분석한다》의 서문엔 이런 대목이 있다. "혹자는 남성을 변화시키려면 더 쉽고 덜 공격적으로 말하고, 더 인내심을 품고 더 친절하게 설명하라고 요구한다. 하지만 '교육'을 통해 남성을 변화시킬 수 있다는 생각은 젠더가 적대를 전제하는 권력관계라는 사실을 무시한 제안이다."[14]

그래서일까, 우아하게 대처하라는 말은 내게는 인내하고 견뎌내라는 말로밖에는 들리지 않는다. 우아해야 할 쪽은 약자가 아니라 힘을 가진 자여야 한다. 힘을 마구 휘두르는 쪽엔 아무 말이 없고, 맞는 쪽에 대고 우아하게 대처하란 건 아무리 생각해봐도 비겁하다. 《하지 않아도 나는 여자입니다》에서 이진송은 우아함은 당면한 문제를 개인의 차원에서 삭히도록 유도하는 마취제 같다[15]고 했다. 여성들에게 요구하는 우아함은 모든 문제를 내가 대처를 잘못한 탓으로 여기게 하고 결국엔 입을 다물게 하는 힘이 있다. 마치 마취제처럼.

난 우아함을 갖추려 굳이 애쓰고 싶지 않다. 그럴수록 내가 내는 소리는 공중에 흩어져 곧바로 사라져버리고 말 테니까. 그러면 또다시 인내해야 하니까. 그럴 바엔 차라리 불편한 존재가 되어 할 말은 분명히 하고 싶다.

---

14 권김현영, 루인, 엄기호, 정희진, 준우, 한채윤, 《한국 남성을 분석한다》, 교양인, 2020, 15쪽.

15 이진송, 《하지 않아도 나는 여자입니다》, 프런티어, 2018, 138쪽.

5

센스 찾다
타이밍 놓친다

한 예능 프로그램에서 개그맨 신동엽이 이야기 도중에 그 특유의 장난기 가득하고 아슬아슬하면서도 능청스러운 입담을 펼쳤다. “난 여자 볼 때 어딜 젤 먼저 보냐고 물으면 가슴 본다고 얘기해. 따뜻한 가슴. 왼쪽 가슴의 온도가 높은 사람을 좋아하니까.” 이 말을 주의 깊게 듣고 있던 작사가 김이나는 이렇게 받아쳤다. “저도 중심이 서 있는 남자가 좋거든요.” 김이나의 센스에 감탄을 금치 못했다.

내게 가끔 “무례한 사람에게 어떻게 하면 센스 있게 대응할 수 있을까요?”라고 묻는 사람들이 있다. 어느 때는 센스를 넘어 재치 있게 대응하고 싶은데 혹시 노하우가 있느냐고도 묻는다. 내게 그런 게 있을 리 없다. 대답 대신 왜 무례한 사람에게 센스 있게 대응해야 하냐고 묻는다. 왜 꼭 센스나 재치가 있어야 하냐고. 그러면 대부분 웃기만 할 뿐 명확한 답이 없다. 참고로, 이런 질문을 한 사람은 지금까지 모두 여성이었다.

여성들은 어려서부터 대놓고, 혹은 은연중에 친절, 상냥함, 배려 등을 요구받는다. 일터에서마저도. 아니, 어쩌면 일터에서 더 그런지도 모르겠다. 일만 잘해서는 좋은 평가를 얻지 못한다. 업무 능력도 좋아야 하고, 거기다 친절하고 싹싹하고 다정하기까지 해야 한다. 그리고 웬만한 부탁은 들어줘야 한다. 안 그러면 '싸가지'의 유무까지 들먹인다. 그렇다고 모든 부탁을 들어줄 수는 없다. 그러고 싶지도 않다. 그렇다면 방법은 하나뿐이다. 거부 의사는 밝히면서도 최대한 상대방의 심기는 건드리지 않는 것. 이때 필요한 것이 센스다.

순발력 있게, 위트 있고 참신하면서도 정곡을 찌르는 한마디로 상대방을 웃게 만들거나, 혹은 아무 말도 하지 못하게 만들었을 때, 사람들은 '센스 있다'고 한다. 어렵다. 어쩌면 센스란 타고나는 게 아닐까 하는 생각도 든다.

일본의 굿디자인 컴퍼니 대표 미즈노 마나부(水野学)는 《센스의 재발견》에서 센스는 타고나는 것이 아니라 길러지는 것이며, 순간의 번뜩임보다는 지식의 축적이라고 했다. 그러면서 "센스를 기르려면 지식이 필요하지만, 지식을 흡수해서 자신의 것으로 만들려면 감수성과 호기심이 필요하다"[16]고 했다. 이 책에서 말하는 센스는 일할 때 센스이지만, 말할 때 센스도 크게 다르지 않다.

김이나의 센스 역시 비슷한 맥락에서 발휘되지 않았을까 싶다. 상대방(신동엽)에 대한 정보가 충분했고, 작사가인 만큼 언어 표현력이 뛰어나고, 거기에 상대방이 하는 말에 대한 호기심과 그걸 받아들이는 감수성이 모여 센스 있는 한마디가 되지 않았을까.

배우 윤여정이 오스카 여우조연상을 받고 내려왔을 때 무대 뒤에서 한 기자가 윤여정에게 물었다. "브래드 피트와 얘기를 나누던데 브래드 피트에게서 무슨 냄새가 났나요?" 윤여정은 답했다. "냄새는 맡지 않았다. 나는 개가 아니다." 연륜과 경험 그리고 여유에서 나온 센스다.

많은 여성이 김이나나 윤여정이 보인 것과 같은 세련된 센스를 갖길 원하지만 쉽지 않아 보인다. 보통은 언어적 표현력도 부족하고, 그렇다고 연륜이나 마음의 여유가 넉넉히 있는 것도 아니다. 불편한 말을 들으면 심장부터 두근거린다. 그런 상황에 무슨 센스가 발휘될까.

지난 4월 양궁 국가대표 최종 2차 평가전이 끝난 뒤 열린 기자

16 미즈노 마나부, 《센스의 재발견》, haru(하루), 2016, 165쪽.

회견에서, 안산 선수는 한 기자로부터 "최근 전장연(전국장애인차별철폐연대) 후원 글을 올리지 않으셨습니까. 부정적인 시각으로 바라보는 사람들이 많은데, 왜 그런 글을 남기셨는지 궁금합니다"라는 질문을 받았다. 이에 안산은 "우선은 저는 광주여자대학교 초등특수교육과에 다니고 있고요. 현재 대한민국 양궁 국가대표로서 아시안게임에 선발되어서 지금 이 기자회견장에 있습니다. 경기력 외의 질문에는 대답하지 않겠습니다"라고 답했다.[17]

세계적 팝스타 아델은 컴백을 앞두고 라이브 방송으로 팬들과 소통하는 시간을 가졌다. 이때 한 누리꾼이 "당신의 '보디 카운트'는 몇 명인가요?"라는 질문을 던졌다. 보디 카운트(Body Count)란 성관계한 사람 수를 뜻한다. 아델은 화를 내거나 동요하는 법 없이 오히려 침착하게 "보디 카운트가 뭐죠?"라고 반문했다.[18]

평범한 우리가 할 수 있는 선은 이 정도가 아닐까? 답할 필요 없는 질문엔 답하지 않는 것, 무례한 질문엔 질문으로 되돌려주는 것. 이 정도만 해도 훌륭하지 않을까? 굳이 더 센스 있는 말을 하고 싶다면 미즈노 마나부의 말을 다시 인용하고 싶다. "센스를 기

---

17 소봄이, '안산 "초등특수교육과 재학"…'전장연 후원' 질문 기자에 팩폭', NEWS1, 2022년 4월 22일.

18 김나영, '"성관계 몇 명이랑 했나요?"…무례한 질문에 아델이 보인 '센스甲' 반응', 인사이트, 2021년 10월 14일.

르려면 온갖 것에 생각이 미치는 꼼꼼함, 남이 보지 않는 부분도 알아차리는 관찰력이 필요하다. 좋은 감각을 지니는 것도, 유지하는 것도, 높이는 것도 연구가 필요하다."[19] 열심히 연마하라는 말밖에 할 말이 없을 것 같다. 그렇지만 나는 이런 노력이라면 말보다는 본인이 하는 일에 쏟길 바란다. 게다가 내가 아무리 센스 있게 말해도 상대방이 듣는 센스가 없으면 센스고 뭐고 아무 의미가 없다.

센스보다는 정확한 의사 전달과 말하는 타이밍이 중요하다. 센스 찾다가 말할 타이밍 놓치고, 그래서 하고 싶은 말이 뭐냐는 말을 들으면 그 센스는 없느니만 못하다.

독일의 커뮤니케이션 코치 니콜 슈타우딩거(Nicole Staudinger)는 어떤 무례한 말에도 머뭇거리지 말고, 완벽한 문장이 아니어도 좋으니 3초 안에 답하라고 한다. 3초가 지나면 기회는 날아간다며.[20] 어설프게 센스 찾다 타이밍을 놓치지 말자. 우리에게 지금 필요한 건 센스가 아니라 목소리를 내는 용기다.

---

19 미즈노 마나부, 《센스의 재발견》, haru(하루), 2016, 67쪽.

20 니콜 슈타우딩거, 《나는 이제 참지 않고 말하기로 했다》, 갈매나무, 2017, 61쪽.

6

부끄러운 줄 모르면

고등학생 때로 기억한다. 어느 날, 아빠가 날 따로 불러서는 대뜸 이렇게 말했다. "넌 어떻게 된 애가 그 나이가 됐는데도 엄마 도울 생각을 하나도 안 하냐. 엄마 힘든 거 안 보여?" 갑자기 무슨 말인가 싶기도 하고, 달리 할 말도 생각나지 않아 듣고만 있었다. 아빠의 말은 길게 이어졌지만, 요지는 집 안을 둘러봐서 할 일이 보이면 알아서 하라는 거였다. 옆에 있던 엄마는 적절한 타이밍에 신세 한탄을 했다. "이 집에서 집안일은 나만 하지. 다 큰 딸내미가 있으면 뭐 하나. 엄마 도와줄 생각도 안 하는데."

듣다 보니 억울한 기분이 들었다. 이걸 왜 나한테 얘기하지? 맞벌이인데 집안일은 엄마만 하면서 아빠는 왜 본인이 할 생각은 안 하고 딸인 나를 나무라지? 게다가 남동생은 왜 제외야?

엄마는 어쩌다 집을 비울 일이 있으면 미리 아빠의 식사 준비를 다 해놓았다. 나가면서 일일이 이거, 이거 꺼내 먹고 국은 덜어 놨으니 데워 먹으라고까지 일러줬다. 먹은 그릇은 싱크대에 담가 놓으라고 했다. 설거지가 아니다. 그냥 갖다 놓으라는 말이다.

그럴 때 내가 집에 있으면 엄마는 내게 부탁했다. 아빠 밥 좀 챙겨드리라고. 그때도 생각했다. 왜 성인인 아빠 밥을 어린 나더러 챙겨주라는 거지? 한번은 직접 묻기도 했다. 아빠는 혼자 밥 못 챙겨 먹냐고. 꾸지람만 돌아왔다.

아빠는 아직도 라면도 잘 못 끓인다. 그런데 그걸 꽤 자랑스럽게 여기는 것 같다. 어디 가면 항상 "나는 라면도 못 끓여"라고 하는 걸 보면.

그래도 아빠는 옛날 사람이니 그런가 보다, 하고 있다. 그 시절의 사고방식은 그랬으니까.

내 친구는 아들이 둘이다. 친구는 직장을 다니지만, 남편은 집안일은 전혀 하지 않는다고 했다. 친구가 퇴근하고 돌아와서 허겁지겁 식사 준비를 하고 설거지를 하고 집 안을 정리하는 동안, 남편은 편히 누워 꼼짝을 안 한다고 했다. 그러다 뭔가 슬슬 눈치가 보이면 괜한 두 아들을 잡는다고 했다. "다 큰 놈의 자식들이 엄마가 저렇게 힘든데 도와줄 생각은 안 하고 놀 생각만 하지." 그러면 아들들이 와서 "엄마, 뭐 도와드릴까요?"라고 한단다. 그때도 남편은 꼼짝하지 않는다고 했다.

또 다른 친구는 아이가 셋이다. 첫째가 딸이고 그 밑은 쌍둥이 아들이다. 하루 종일 아이 셋을 보지만, 남편은 육아나 가사에 전혀 신경 쓰지 않는다고 했다. 퇴근 후에는 오로지 본인 휴식에 집중한다고. 이걸로 부부싸움도 수차례 했지만, 남편은 변화가 없다고 했다. 친구는 어쩔 수 없이 첫째에게 도움을 청하게 되는데, 그러다 보니 동생들과 터울이 있는 첫째 딸은 엄마 역할까지 하게 됐다고 했다. 딸도 아직 한참 어린데.

30년 전하고 다를 바가 없다. 우리 아빠나 지금의 남편들이나 거기서 거기인 듯하다.

예전에 한 지인은 남편은 가족이 아닌 것 같다고 했다. 집 안에 같이 있어도 남편 혼자 외딴섬에 있는 것 같다며. 퇴근하고 집에 와서도 게임이나 핸드폰만 들여다보고 있으니 몸만 한 공간에 있지, 없는 거나 다름없다며.

주변에 이런 남편들이 적지 않다. 그들이 하는 얘기는 늘 힘들다는 거다. 회사에서 일과 사람에 지치다 보니 집에서는 쉬고 싶다고. 어떤 이는 남자에게 직장은 전쟁터와 같다며 하루하루 전쟁 치르는 각오로 출근한다고 했다.

묻고 싶었다. 그러면 여자는 직장이 놀이터 같을 것 같냐고. 여자는 하루하루 노는 기분으로 즐겁게 출근하고, 집안일하고, 육아까지 할 것 같냐고. 물론 묻진 않았다. "그런 건 아니지만 아무래도 여자랑 남자는…"으로 시작하는 틀에 박힌 말들만 죽 늘어놓을 게 뻔해 보여서.

이것만 알아뒀으면 좋겠다. 지금은 혼자 외딴섬에 있더라도 가끔 말도 걸어주고 아는 척이라도 해주지만, 이 상태 그대로 나이가 들면 그야말로 고립이다. 아무도 찾지 않는다.

측은하게 여기는 마음(惻隱之心)과 부끄러워하는 마음(羞惡之心)이 없다면 사람이 아니라고[21] 그 옛날 맹자는 말했다. 혼자 여러 일을 해내느라 힘들어하는 아내를 보고도 아무 감정이 없다면, 본인이 할 몫을 아내나 어린 자녀에게 떠넘기면서도 부끄러운 마음이 없다면, 사람까지는 모르겠지만 성인이라고 할 수는 없을 것이다.

성인이 됐으면 좋겠다. 그리고 가족 구성원이 됐으면 좋겠다.

---

21 맹자, 《맹자》, 홍익, 2021, 110쪽.

7

회사는 군대가 아닌데

대기업에서 꽤 오랫동안 일하고 있는 한 지인이 말했다. "여자는 군대를 안 다녀와서 그런가, 사회생활에 대한 개념이 없어." 남자들은 위에서 하라면 군말 없이 하는데 여자들은 그냥 하는 법이 없다며 왜 그렇게 토를 다는지 모르겠다고 했다. 이런 말을 들을 때마다 의아해진다. 왜 회사를 군대랑 엮지?

군대의 목적은 나라와 국민을 지키는 것이다. 위험한 무기도 다루는 만큼 일정한 규율과 질서가 필요하다. 그에 반해 회사의 목적은 이익 창출이다. 규율이나 질서보다는 전문 지식, 새로운 아이디어, 효율적인 시스템 등을 더 필요로 한다.

특히 최근 몇 년간은 기업마다 혁신을 부르짖는다. 이때 가장 필요한 것이 소통이다. 의견이 있어도 소통이 안 되고 발언조차

할 수 없으면 혁신은 고사하고 시대를 뒤따라가기도 벅차다.

소통을 위해 기업들은 기존 수직 문화를 수평 문화로 바꾸겠다며 직급을 간소화하고 호칭을 통일하는 등 여러 방안은 내놓았지만 큰 효과는 없어 보인다. 어느 지인은 부하 직원 중 한 명이 일은 좀 못하는데 뭘 시키든 일단은 "네, 알겠습니다"라고 해서 마음에 든다고 했다. 서로 직급 따지지 않고 ○○님으로 불러도 여전히 머릿속에서는 서열과 지위를 따지고, 자신이 내린 지시에 순순히 따르지 않으면 불편한 마음부터 생기는 것 같다.

기업 조직 문화를 연구해온 마거릿 헤퍼넌(Margaret Heffernan)은 《사소한 결정이 회사를 바꾼다》에서 "비즈니스를 창의적으로 만드는 요소는 사람 사이의 상호작용, 그리고 빈번한 충돌에 있다"[22]고 했다. 한쪽이 지시하고 다른 쪽은 따르는 문화에서는 상호작용이나 충돌이 일 수 없다.

미국의 경영학자 피터 드러커(Peter F. Drucker)는 《매니지먼트》에서 의견 대립의 필요성을 강조하며 그 이유에 대해 다음과 같이 설명했다. "첫째, 의견 대립을 요구함으로써 불완전하거나 잘못된 의견에 속는 것을 방지한다. 둘째, 대안을 얻을 수 있다. 이미 내린 의사결정이 실행 단계에서 잘못되었거나 불완전하다는 것

22 마거릿 헤퍼넌, 《사소한 결정이 회사를 바꾼다》, 문학동네, 2017, 124쪽.

이 밝혀졌을 때 어찌할 바를 몰라 우왕좌왕하지 않아도 된다. 셋째, 자기 자신이나 타인의 상상력을 끌어낼 수 있다."[23] 혼자 내린 결정에 얼마나 자신이 있길래 토 달지 말고 조용히 따르기만을 원하는 건지 모르겠다.

어릴 때 어른들로부터 "어른이 그렇다면 그런 거지, 무슨 토를 그렇게 다냐"는 꾸지람을 종종 들었다. 회사에서도 비슷하게 말하는 몇몇 상사를 만났다. 토 달지 말고 시키는 대로 하라는. 어릴 때나 성인이 돼서나 단순히 불평불만을 늘어놓는 게 아니라 생각과 의견을 말했을 뿐인데.

토를 다는 것과 의견을 말하는 것은 다르다. 타당한 이유나 대안 제시 없이 반대하거나 하기 싫다는 건 토를 다는 게 맞다. 의견을 제시할 거면 정확히 하고, 다른 의견이 없으면 지시에 따르는 게 회사 생활 기본 규칙이다. 그저 투덜거리기만 하고 결정된 사안도 제대로 따르지도 않는다면, 이건 군대 문제가 아니라 회사에 대한 이해가 부족한 탓이다.

어떤 사람은 회사 생활을 잘하는 첫 번째 방법이 위에서 까라면(하라며) 까는(하는) 척이라도 하는 것이라고 한다. 회사 생활에서 상명하복이 그렇게나 중요한 건가 싶다. 어떤 면에서 그렇게나

---

23 피터 드러커, 《매니지먼트》, 청림출판, 2019, 198쪽.

중요하다는 걸까? 회사 이익에 도움이 된다는 걸까? 아니면 상사 기분을 좋게 해서 내 회사 생활이 좀 더 편해질 수 있다는 걸까?

이익을 목표로 하는 집단에서 상명하복 운운하며 군대를 안 다녀와서 회사 생활을 못 한다고 하면, 군대 안 다녀온 남자는 어떻게 설명하려나. 또 세계를 주도하고 있는 글로벌 기업들은 군대 문화가 뭔지도 모를 텐데, 어떻게 해서 그렇게 성장했으려나.

대학 때 군대 다녀온 선배들이 후배들을 불러 모아 정신 교육을 한다며 군대식 얼차려를 준 적이 있다. 동기 사랑은 나라 사랑이니, 하늘 같은 선배니 어쩌고 하면서. 어떤 단체들에서는 아직도 정신력 강화나 단합이란 명목으로 병영 체험을 다녀오기도 하던데, 과연 그게 정신력에 도움이 되는지 의문이다. 나는 대학 때 얼차려를 받으며 정신이 단단해지기는커녕 '이걸 왜 받지? 뭘 잘못했지?'란 생각에 정신만 더 혼미해졌다.

김누리 교수는《우리의 불행은 당연하지 않습니다》에서 한국 사회를 지배하고 있는 권위주의 문화, 그중에서도 특히 남성들이 빠져 있는 병영 문화, 군사 문화, 폭력 문화 등을 사회적 공론장에 올려놓아야 한다고 했다.[24]

나도 묻고 싶다. 군대 문화를 도대체 어디까지, 언제까지 일상에 끌어들일 건지, 그리고 그게 맞다고 생각하는 건지.

---

24 김누리,《우리의 불행은 당연하지 않습니다》, 해냄, 2021, 138쪽.

8

여자의 적은 여자?

하루는 옆자리에 앉은 A에게 물었다. "지원팀 김 대리는 출산휴가 들어갈 때 됐지? 배가 많이 불렀던데." A는 말했다. "곧 들어갈걸? 근데 그거 알아? 그 팀은 육아휴직을 못 쓴대. 팀장한테 임신 얘기를 했더니, 대뜸 출산휴가만 쓰고 육아휴직은 쓸 생각 하지 말라고 하더래."

이유가 놀라웠다. 대체할 인원 구하기도 힘들고, 다들 출산휴가만 쓰고도 애 잘 키우고 회사도 잘만 다녔다고 했다나. "진짜? 진짜 말을 그렇게 했대?" 되묻는 내게 A는 "진짜 그랬대!"라며 이런 말을 덧붙였다. "역시 여자의 적은 여자라니까."

어? 이 말이 여기서 왜 나오지? 육아휴직을 못 쓰게 했다는 얘기도 놀라웠지만 '여자의 적은 여자'라는 말은 더 어리둥절했다.

A의 말은 여자가 더 여자를 이해해주지 않는다는 거였는데, 그게 여자 문제인가 하는 생각이 들었다. 한 사람의 배려 없음과 공감 능력의 부재, 무례함 혹은 시대착오적 마인드, 더불어 제대로 갖춰지지 않은 회사 시스템 등을 문제 삼아야지, 여자가 여자를 공격한다고 보는 게 맞나 싶었다. 회사에서 빌런은 여자, 남자 할 것 없이 여기저기 널려 있는데.

친한 친구 J와는 회사 얘기를 자주 했다. 주로 팀 내의 불편한 상황이나 신경 쓰이는 팀원에 대한 이야기였다. 그럴 때면 J는 말했다. "너 좀 짜증 나겠다. 여자 많은 데는 그래서 피곤해." 내가 "아니, 뭐, 꼭 그래서 그런 건 아니고"라고 하면 J는 말했다. "여자의 적은 여자라는 말이 괜히 있는 게 아니라니까."

위로하거나 편을 들어주기 위해 하는 말이었겠지만, 마음이 더 복잡해졌다. 불편한 상황은 여자 사이에서만 있는 건 아닌데. 남자끼리도 사이가 좋지 않은 경우는 많은데. 어떨 땐 살벌하기까지 해서 그때야말로 남자의 적은 남자라는 말이 딱인 것 같은데, 그럴 땐 아무 말이 없다. 하긴 '적'이라는 말도 좀 웃기긴 하다. 뜻이 다르거나 잘 안 맞는 사람도 있는 거지, 무슨 '적'까지.

최근 들어 자주 눈에 띄는 어느 연예인을 보고 내가 말했다. "예쁜 건 모르겠는데, 멋지긴 한 거 같아." 남편이 정색하며 말했다. "예쁜 거지." 좀 의외였다. 한 번도 그렇게 생각해본 적은 없는데, 역시 남자가 보는 눈과 여자가 보는 눈은 다르구나 싶었다. "아, 그래?"라는 내게 남편은 말했다. "저 정도면 예쁜 거지. 하여튼 여자의 적은 여자라니까."

아… 또 '적'이란다. 내가 연예인을 적으로 삼을 이유가 뭐가 있을까. 평생 볼 일도 없는 사람을. 다들 잘생겼다는 남자 배우를 보고도 "잘생겼다기보다는 분위기가 있지"라고 했을 때 남편은 "무슨 말이야, 잘생겼지"라고만 했다. 같은 논리라면 남자의 적은 여자라고 해야 하는 거 아닌가.

학창 시절부터 지금까지 남자끼리 싸우는 걸 수도 없이 봤지만, 남자의 적은 남자라는 말은 들어보지 못했다. 주먹다짐까지 하며 싸워도 남자끼리는 그럴 수도 있다고 했다. 그런데 왜 여자끼리는 모두를 적으로 만들까? 사회에선 '줄'이란 이름으로 살아남느냐 아니냐를 두고도 싸우지만, 정치싸움이라고 하지 남자 간의 싸움이라고는 하지 않는다.

유독 여자 사이의 문제가 되면 원인이나 목적은 사라지고 '여자'만 남는다. 사람들은 여자들끼리 뭉치는 걸 두려워하는 걸까? 여자는 원래 서로 시기하고 질투해서 분열하는 존재로 끊임없이 인식시키려 한다. 그래서 열등한 존재라는 듯이.

여자 사이엔 갈등도 경쟁도 있어선 안 되는 걸까? 남자 사이엔 차고 넘치는데. 여자끼리는 무조건 화합만 있어야 할까? 남자끼리도 화합하기 어려워하면서.

나도 싫은 사람이 있을 수 있고, 누구의 의견도 비판할 수 있다. 경쟁도 할 수 있다. 그게 여자든 남자든. 같은 여자라고 늘 편들고 똘똘 뭉쳐야 할 의무는 없다. 성별을 떠나 뜻이 잘 맞는 사람, 대화가 통하는 사람, 나를 존중해주는 사람과 함께하고 싶다. 보통의 인간처럼. 여자이기 이전에 인간이니까.

성별이 여성이면 의견, 성향, 권력, 이권, 시대까지 충돌하는 모든 것을 하나의 기준, 즉 여성 대 여성의 대립으로만 본다. 여성에게도 개별성과 다양성이 있다는 생각은 아예 하지 않는 것 같다. 여자끼리 뭉치느냐 아니느냐만 보니. 단순하고도 게으른 생각이 아닐 수 없다.

얼마 전, 어떤 대화 끝에 지인이 말했다. "여적여, 뭐 그런 건가요?" 나는 말했다. "그건 좀 차별적인 말인데." 지인은 "아, 그런가요?"라며 머쓱했다. 그러곤 잠시 생각에 잠기는 것 같더니 이렇게 말했다. "그러고 보니 생각해본 적이 없는 것 같아요. 늘 그냥 썼지."

너무 간단히, 때론 아무 생각 없이 여자를 여자의 적으로 만들어버린다. 우린 서로 적이 아닌데. 그저 여러 생각과 다양한 감정을 가진 존재들이므로, 서로 부딪힌다면 그것들이 부딪히는 것일 뿐이다. 여자와 여자가 아니고.

9

무슨 여자가,
무슨 남자가

몇 해 전, 지인들과 최근에 본 영화 이야기를 할 때였다. 한 지인이 얼마 전 어느 영화를 봤는데 꽤 재밌었다고 했다. 많이 놀랐다. 나도 봤지만 너무 뻔하고 억지로 눈물샘을 자극하는 장면이 많아 거슬렸던 영화였다. 그래서 물었다. "그거 너무 신파 아냐?" 이번엔 지인이 놀라며 물었다. "마지막이 너무 슬프지 않았어? 난 슬프던데." 내가 "글쎄, 너무 억지스러워서"라고 하자, 옆에 있던 다른 남자 지인이 끼어들며 말했다. "그건 나도 슬프던데. 넌 무슨 여자가 그렇게 감정이 메말랐냐?"

어려서부터 질리도록 들은 말이 있다면 바로 '무슨 여자가'일 것이다. 부모님을 비롯한 주변 사람들은 말했다. "무슨 여자가 애교가 없어." "무슨 여자가 이렇게 무뚝뚝해." "무슨 여자가 이렇게

과묵해." "무슨 여자가 꾸밀 줄을 몰라." "무슨 여자가…."

이럴 때마다 머릿속에 물음표가 몇 개씩 떴다. 여자는 다 똑같아야 하나? 여자는 언제나 상냥해야 하고 누구에게나 애교를 부려야 하고 어떤 상황에도 재잘거리고 늘 예쁘게 꾸미고 있어야 하나? 안 그럼 여자가 아닌가?

'무슨 여자가' 못지않게 많이 들은 말은 '여자들은'이다. "여자들은 논리적이지가 않아서." "여자들은 이성적이기보다 감정적이잖아요." "여자들은 복잡한 거 싫어하니까."

사실 나는 어떤 성격 검사를 해도 '논리적', '이성적'이란 단어가 빠지는 일이 없다. 남편은 이런 검사 결과를 볼 때면 항상 "역시!"라고 한다. 어느 땐 농담인 듯 진담인 듯 "그만 좀 논리적이지"라고 할 때도 있다. 평소에도 "그 말은 앞뒤가 안 맞잖아"라든가, "그건 좀 논리적이지가 않은데?" 같은 말을 많이 한다. 게다가 감정적이기보단 이성적인 편이다. 누군가의 감정도 상황이 이해되어야 공감할 수 있는 타입이다.

복잡한 건 나보다 남편이 더 싫어한다. 설명서, 약정서, 계약서, 변경됐다는 법 조항 같은 복잡한 문서는 늘 내게 읽어보라고 한다. 자기는 복잡한 건 딱 질색이라며. 매번 그런 건 아니지만, 난 대체로 복잡한 설명을 읽고 분석하는 걸 좋아한다. "이게 이런 말이네" 혹은 "그럼 이건 이 사항에 해당하겠네" 같은 말을 하면서 뭔가 희

열을 느낀다. 이런 날 보고 누군가는 말한다. 남자 성격이라고.

사람들은 남자는 보통 논리적이고 이성적이고 머리 쓰는 일을 좋아하고 여자는 그 반대이지 않냐고 한다. 그럴 때면 논리적으로 따져 묻고 싶어진다. 근거 자료나 연구된 바가 있는 거냐고. 혹시 그런 말은 여자는 열등하다는 생각에서 비롯됐거나, 혹은 열등하게 보이도록 누군가가 만들어냈을 거라는 생각은 안 해봤냐고. 하지만 매번 포기한다. 그럼 이번엔 무슨 여자가 그렇게 말이 많냐고 할 것 같아서.

정말로 사람들이 말하는 것처럼 여자 특징, 남자 특징이라는 게 따로 있을까? 한때 《화성에서 온 남자 금성에서 온 여자》나 《말을 듣지 않는 남자 지도를 읽지 못하는 여자》 같은 책이 인기 있던 적이 있었다. 주로 여자와 남자는 뇌 구조부터 다르니 그 차이를 이해하고 받아들여야 한다는 이야기였다. 나 역시 당시에는 "맞아, 그런 것 같아"라고 했었다.

근데 살면서 점점 '아닌 것 같은데…' 하는 순간들이 왔다. 지도를 잘 읽고 방향 감각이 좋은 여자를 주변에서 어렵지 않게 볼 수 있었고, 스트레스를 수다로 푸는 남자 역시 적지 않게 봤다.

최근 몇 년간 MBTI(Myers-Briggs Type Indicator) 검사가 인기다. 스위스 정신분석학자 칼 융의 심리 유형론을 토대로 고안한 자기 보고식 성격 유형 검사 도구라는데, 사람의 성격을 총 16가지 유형으로 나누고 있다. 요즘은 'MBTI 유형별 차이'라며 재밌는 영상도 많다. 어떤 모습은 너무 공감되어 피식 웃음이 나오기도 하고, 어떤 모습은 '진짜 저런다고?' 싶어 도통 이해가 안 될 때도 있다. 그럴 때면 서로 이렇게 다를 수가 있나 싶다. 아무래도 사람의 특성이나 성격 차이는 성별보다는 개인 간의 차로 보는 게 맞지 않나 싶다.

우연히 이런 생각을 뒷받침해주는 책을 발견했다. 이스라엘의 심리학자이자 신경과학자가 쓴 《젠더 모자이크》라는 책인데, 저자는 애초에 '여자 뇌'와 '남자 뇌', 또는 '여성적'이거나 '남성적'인 천성 같은 것은 없다며[25] 이렇게 말한다. "대부분의 뇌는 여러 특징이 섞인 고유한 '모자이크'로 구성되어 있다. 상대적으로 남성보다 여성에게 더 흔한 특징, 상대적으로 여성보다 남성에게 더 흔한 특징, 그리고 남성과 여성 둘 다에게서 흔한 특징이 함께 섞여 만들어진 모자이크다."[26] 또 프랑스 언론인 오렐리아 블랑(Aurélia Blanc)은 《나의 아들은 페미니스트로 자랄 것이다》에서 신경생리학자 카트린 비달 박사의 말[27]을 인용하며 이렇게 말했다.

---

25 다프나 조엘, 루바 비칸스키, 《젠더 모자이크》, 한빛비즈, 2021, 16쪽.

26 다프나 조엘, 루바 비칸스키, 《젠더 모자이크》, 한빛비즈, 2021, 83쪽.

27 "인간의 두뇌에 대해 제대로 연구해보면 여아와 남아의 이성적 사고 능력, 기억력, 집중력이 모두 같다는 것을 알게 됩니다."

"존 그레이에게는 실례가 되겠으나 남녀 할 것 없이 우리 아이들은 모두 같은 별에서 왔다."[28] 속이 다 시원했다.

이들에 따르면 '무슨 여자가'나 '여자들은' 같은 건 없다는 거다. '무슨 남자가'나 '남자들은' 역시도 그렇고. 하긴 애초에 사람을 단지 성별로만 나누고 그 특성 또한 획일하게 단정짓는 것 자체가 말이 안 되는 거였다.

성별이 아닌 개인을 봐야 하고, 성별의 특성보다 개개인의 다양한 특성을 생각해야 한다. 더불어 개인의 특성이란 처한 환경, 상황, 주위 사람, 맥락, 위치 관계 등에 따라 달라진다는 것도 잊지 말아야 한다. 내가 회사에선 차갑고 무뚝뚝하지만, 집에서 아이에겐 따뜻하고 상냥하고, 같은 집이라고는 해도 남편에겐 논리적인 것처럼.

영국의 철학자 존 스튜어트 밀은 역사적으로 개별성을 가볍게 여겼을 때 그 민족은 쇠퇴의 길로 접어들었다고 했다.[29] 우린 좀 더 다양해져야 한다.

'무슨 여자가' '무슨 남자가' 같은 말로 개별성을 무시하거나 가두는 일은 이젠 없었으면 좋겠다. 우리 사회의 발전을 위해서라도.

---

28 오렐리아 블랑, 《나의 아들은 페미니스트로 자랄 것이다》, b.read, 2021, 62쪽.

29 존 스튜어트 밀, 《자유론》, 책세상, 2021, 151쪽.

10

생리에서 공평을 논하면

회사 생활을 하다 보면 힘든 날이 있다. 그중에서도 하나를 꼽으라면 아마도 많은 여성은 생리통이 있는 날을 꼽지 않을까 싶다. 나는 생리통이 심한 편이다. 생리 날짜도 들쑥날쑥해서 미리 진통제를 먹기도 애매하다. 시작하나 싶은데 안 하거나, 전혀 생각도 못 했는데 시작해서 당황스러운 경우가 종종 있다. 그나마 주말이면 약 먹고 누워 핫팩이라도 끼고 있으면 좀 나은데, 평일 사무실이면 죽을 맛이다. 진통제를 먹고 작은 핫팩을 옷 안에 붙여보기도 하는데, 옷이 얇은 날은 그마저 어렵다. 그런 날은 아픈 배를 움켜쥐고 약이 빨리 효과를 나타내기만 기다릴 뿐, 달리 할 수 있는 일이 없다.

하루는 아침에 사무실에서 갑자기 생리가 시작되었다(생리는 늘 갑자기 시작된다). 다행히 생리대는 예비용으로 챙겨둔 것이 있었는데 진통제가 없었다. 당장은 괜찮았지만 곧 심한 통증이 올 거라는 걸 잘 알고 있어서 얼른 약국에 다녀와야겠다 했다.

가방에서 지갑을 꺼내 밖으로 나가려는 순간, 부장의 목소리가 들렸다. "잠깐 전할 말이 있으니까 다들 회의실로 모여봐요." 하필이면 이럴 때. 아 나도 잠깐이면 되는데. 딱 5분 뒤에 하면 좋으련만. 하는 수 없이 지갑을 다시 가방에 넣어두고 회의실로 들어갔다.

잠깐이라더니 부장의 말은 끝날 기미가 보이지 않았다. 통증은 진작부터 시작됐다. 배는 꼬여가고 허리는 뻣뻣해져 펼 수도, 굽힐 수도 없는 상태가 되었다. 상체를 어정쩡하게 책상에 기대고 책상 밑에서는 손으로 연신 배를 주물렀다. 전할 말은 진작에 끝난 것 같은데, 부장은 일하기가 싫었는지 쓸데없는 잡담에 중간중간 못 해먹겠다는 푸념도 늘어놓았다. 할 말 다 끝나셨으면 나가봐도 되냐고 묻고 싶었지만, 생각만 가득하고 입은 떨어지지 않았다.

두 시간이 지나고 나서야 부장은 "자, 이제 일들 합시다"라고 했다. 난 이미 정신이 반쯤 나간 상태였다. 바로 일어날 수가 없었다. 옆에 있던 남자 선배가 어디 아프냐며 얼굴이 왜 그러냐고 묻는데, 생리통이라는 말 대신 "머리가 아파서요"라고 했다. 굳이 생리 중이라는 걸 알리고 싶지 않았고, 생리통이라고 해봤자 "아아"라며 대수롭지 않게 여길 테니. 뒤늦게 약을 사다 먹긴 했지만, 하루 종일 무슨 정신으로 일을 했는지는 모르겠다.

이런 일은 생리통을 겪는 여성에게는 아주 흔한 일이다. 흔하지만 결코 가볍다고 할 수는 없다. 한 친구는 출근 중에 지하철에서 속이 울렁거려 급히 내려 화장실에 들러 토한 적이 있다고 했다. 그러느라 회사에는 지각까지 했다. 다른 친구는 하루 종일 머리가 깨지는 것 같은 두통을 앓는다고 했다. 한 지인은 학창 시절 버스 안에서 갑자기 식은땀이 나더니 거의 기절하기 일보 직전이었는데, 한 아주머니가 도와줘서 간신히 학교에 도착할 수 있었다고 했다. 또 다른 지인은 샤워 도중에 쓰러져 갈비뼈에 금이 간 적도 있다고 했다. 다행히 쿵 하는 소리를 알아챈 다른 식구들이 달려와서 욕실 문을 세게 두드리는 바람에 금방 정신을 차렸지만, 안 그랬으면 더 큰 일이 날 뻔했다고 했다.

모든 여성이 똑같은 통증을 느끼는 건 아니지만, 많은 여성이 고통받고 있는 건 틀림없는 사실이다. 지금 이 순간에도 고통받는 여성이 있다. 이 정도면 개인적인 차원의 문제라기보단 여성 문제라고 해도 되지 않을까 싶은데, 사회의 인식은 아직 그렇진 않은 것 같다.

난 생리휴가를 내본 적이 없다. 사실 생리휴가가 따로 있었는지도 모르겠다. 있었더라도 아마 사용하진 않았을 거다. 통계청에 공개된 여성 노동자 생리휴가 사용률을 보면 "지난해 생리휴가를 사용했다"고 답한 여성 노동자 비율이 2014년에는 23.6%였지만 2018년엔 19.7%로 떨어졌다. 이 조사는 100인 이상 기업에서 일하는 대리급 이상의 여성 노동자 2,347명을 대상으로 한 설문 조사여서 실제로 생리휴가를 쓴 여성은 더 적을 것으로 추정된다.

생리휴가 사용률이 높지 않은 이유에 대해, 여성들은 생리 기간을 정확히 예측할 수 없는 상황에서 업무상 갑자기 자리를 비울 수 없기 때문이라고 입을 모았다. 또 다른 이유로는 직장 상사나 동료에게 이해를 구해야 해서 휴가 사용이 망설여진다고 했다.[30]

나는 두 가지 이유에 전부 해당했다. 생리 주기가 정확하지 않아 예측이 어려웠고, 예측된다고 해도 평소 업무량이 많아 하루를 쉬면 다음 날 두 배로 일을 해야 했다. 그럴 바에야 힘들더라도 버티는 편이 나았다. 게다가 평상시에 소통도 잘되지 않는 상사에게 생리휴가 얘기를 꺼내는 건 상상조차 해본 적이 없다. 굳이 확인하지 않아도 어떤 표정과 반응을 보일지 알고도 남았다. 그러니 나 역시 대다수 여성처럼 19.7%에 들지 못하고 견디는 수밖에 없었다.

사정이 이런데도 생리휴가 얘기만 나오면 불공평하다면서 불만을 터뜨리는 남성들을 종종 본다. 요즘 여기저기서 '공평'과 '공정'을 논하는데, 생리에서마저 그 단어가 나오면 당혹스럽기도 하고 답답하기도 하다. 그러면 공평하게 남자도 생리를 하자고 할 수도 없는 노릇이고.

판사 출신 작가 문유석은 "공정은 결국엔 공존을 위한 수단 중 하나"라고 했다.[31] 공평, 공정보다 더 중요한 건 우리가 함께 살아

30 이재호, 박고은, 김윤주, '외국은 '생리휴가'가 없다? "아프면 누구나 쉴 수 있으니까!"', 한겨레, 2021년 4월 27일.

31 문유석, 《최소한의 선의》, 문학동네, 2022, 224쪽.

야 한다는 사실이다. 누가 휴가를 더 쓰고 덜 쓰느냐보다 모두 편하게 일할 수 있는 환경이 되느냐가 더 중요하지 않을까. 공평하기 위해 어느 한쪽이 고통을 감내하는 것이 아니라.

얼마 전, 생리통 시뮬레이터에 관한 기사를 봤다. 생리통과 똑같은 정도의 고통을 체험해보는 기계로, 전기충격을 이용하며 1단계부터 10단계까지 나뉘어 있다고 한다. 한 영국 매체가 생리통 시뮬레이터를 이용해 남성과 여성의 반응을 비교했는데, 남성은 처음엔 여유롭다가 4단계부터 조금 놀란 듯한 반응을 보이다 6단계에서는 고통스러워했고, 9단계에서는 식은땀을 흘리고, 마지막 10단계에서는 참을 수 없다는 듯 신음을 내뱉었다고 한다. 반면 생리 중인 여성은 1단계부터 10단계까지 편안한 표정과 자세로 테스트를 마무리했다고 한다.[32] 그만큼 여성은 남성이 상상할 수 없는 통증을 겪고 있고, 심지어 익숙하기까지 하다는 얘기다.

물론 이 시뮬레이터는 생리통의 다양한 통증과 불편함까지 전부 다 재현해내진 못했을 거다. 그럼에도 이런 체험은 필요해 보인다. 충분하진 않지만 이렇게라도 경험해보고, 혹은 이런 기사라도 읽어서 더 많은 사람이 생리통에 대해 생각해봤으면 좋겠다. 적어도 그런 고통이 있다는 것을 알고 인정이라도 했으면 좋겠다. 공평을 논하기 전에 말이다.

---

32 김한솔, '생리통과 똑같은 고통의 전기충격 받은 남성과 여성의 현실 반응', 인사이트, 2022년 7월 22일.

11

결혼이든
아니든

최근 부부 관찰 예능 프로그램이 많아졌다. 일상을 보여줌으로써 공감을 얻고자 하는 것부터, 전문가 상담을 통해 부부 사이의 문제를 진단하고 해결해보고자 하는 것까지, 다양하다. 부부 모습도 천차만별이다. 서로 위해주고 대화도 잘 통해 보는 것만으로도 즐겁고 편안해지는 부부가 있는가 하면, 보는 내내 불편하고 불안한 부부도 있다.

한 배우는 일하는 아내에게 육아를 전부 맡기는 것도 모자라 식사 내내 시중을 들게 하고 마지막에 커피까지 주문했다. 아내가 힘들어하며 스스로 할 수 있는 건 스스로 했으면 좋겠다고 하자, 남편은 바쁜 아내가 집에 있을 때라도 대접을 받아야 하지 않겠냐고 했다. '대접'이라니. 바쁜 아내가 모처럼 집에 있으면 좀 쉬게 해주고 싶은 마음이 들어야 하는 거 아닌가.

또 한 부부는 돌이 채 안 된 아이가 한 명 있었다. 둘은 재택근무를 하고 있었는데, 아내는 일하는 내내 아이를 챙기느라 정신이 없었고 남편은 시끄러워서 일에 집중할 수 없다며 방문을 닫았다. 하루는 아내가 혼자 버티다 못해 아이 좀 봐달라고 하자 남편은 말했다. "나 그럼 일하지 마? 내가 나 좋자고 일하는 거 아니잖아, 가족을 위해서 일하는 거지." 보면서 생각했다. 혼자면 일 안 하고 살 수 있다고 생각하는 건가? 꼭 가족을 위해서가 아니라도 일은 해야 살 수 있을 텐데. 게다가 아내도 일하는데 저게 무슨 말이람?

어느 남편은 게임에 푹 빠져 아내가 하는 말에 대꾸가 없는 건 기본이고 게임 중에 말을 걸면 화를 내기까지 했다. 집안일은 전부 아내 몫이었다. 심지어 같이 게임하는 친구들을 집으로 불러들이고, 아내에게는 식사부터 간식까지 온갖 시중을 들게 했다. 같이 나온 출연자들이 놀라며 친구까지 불러서 게임을 하는 건 좀 심하지 않냐고 하자 남편은 말했다. "결혼 전에도 이렇게 놀았어요." 다들 입을 다물지 못했다.

방송이 나간 후 남편들은 모두 많은 질타를 받았다.

관찰된 영상으로 보니 "야, 저건 좀 심하다"라고 할 수 있겠지만 주변에서 흔히 볼 수 있는 남자들이다. "내가 집에서 대접받아야지 어디 가서 대접을 받아." "내가 나 좋자고 일해?" "지금까지 이렇게 살았어." 나 역시 전부 들어본 말이다.

영상 속 남편들은 전부 나보다 어리다. 찾아보니 15년이나 어린 사람도 있었다. 15년 전이나 지금이나 어떻게 이렇게 변한 게 없을까 싶다. 변한 게 있다면 여성들이 사회에 더 많이 진출했다는 거 정도랄까. 이 얘기는 다른 말로 하면 여성의 노동만 그만큼 늘었다는 말이다.

요즘 이런 방송에 자주 달리는 댓글이 하나 있다. 바로 "비혼 장려 프로그램인가요?"다. 내 생각도 비슷하다. 비혼 장려까지는 모르겠지만, 결혼을 신중히 생각하게 하는 효과는 확실히 있는 것 같다.

혼자 살기 외로우니까, 의지하기 위해, 편안한 삶을 위해 결혼을 생각했다면 다시 생각해봐야 하지 않을까 싶다. 이건 굉장히 자기중심적이면서도 순진한 생각이다. 결혼 생활은 함께하는 거지, 어느 한쪽이 누리거나 희생하는 것이 아니다. 서로 맞추고 양보해야 유지되는 것이 결혼 생활이다. 그게 내키지 않는다면 하지 말아야 한다.

흔히 사람들은 결혼을 자신의 반쪽을 찾는 일이라 하지만, 난 그렇게 생각하지 않는다. 결혼은 나의 빈 반쪽을 채워줄 누군가를 찾는 것이 아니라, 온전하지 않은 나를 스스로 채워가는 과정에서 선택할 수 있는 하나의 방식일 뿐이다.

점점 살아가는 방식이 다양해지고 있다. 마음 맞는 동성 친구끼리 살기도 하고, 결혼은 하지 않은 채 아이만 낳고 살기도 한다. 비혼이든 이혼이든 혼자 사는 사람도 늘었고, 같이는 살지만 아이는 낳지 않는 사람들도 많아졌다.

옛 어른들은 결혼은 나이가 차면 당연히 해야 하고, 살아보면 다 똑같다며 적당한 사람 골라 하라고도 하지만, 정말 무책임한 말이다. 어떻게 사람이 다 똑같을까? 가끔 자식 결혼만 시키면 홀가분하겠다는 어른들도 보는데, 결혼은 끝이 아니라 또 다른 시작이란 걸 모르는 걸까?

어른들 말대로 '그저 주변에서 다 하니까', '적당한 사람이다 싶어서'라는 이유로 결혼을 결정하곤 '대접' 타령을 하거나 내가 이러려고 결혼한 게 아니라는 푸념을 늘어놓는 건 의미 없는 외침이고 때늦은 후회다.

삶의 방식을 다시 한번 생각해볼 때가 아닌가 한다. 결혼이든 아니든, 나에게 맞는 방식을 찾아야 한다.

12

힘들면 그만둬

우연히 한 영상을 보게 됐다. 어느 노부부가 마주 앉아 대화를 나누고 있었다. "하다가 이건 아니다 싶으면 전화해. 바로 데리러 갈 테니까." 남편의 말을 아내는 조용히 듣고 있었다. 남편은 다정한 눈빛을 보내며 이어 말했다. "내가 지난 30년 동안 직장을 계속 다닌 건 가장이기 때문이었지만, 지금 당신이 일을 시작하는 건 그런 의미가 아니잖아. 주변에서도 다 말리는 걸 본인이 너무 하고 싶다고 해서 시작하는 일인데, 참으면서까지 하는 건 말이 안 돼. 그러니까 오늘이라도 아니다 싶으면 당장 그만두란 얘기야."

그날은 아내가 오십 중반의 나이에 첫 출근을 하는 날이었다. 남편은 아내가 내내 걱정되는지 이런저런 당부의 말이 많았다. 마치 어린아이를 학교에 처음 보내는 부모처럼.

그에 못지않게 첫 출근을 앞둔 아내의 설레는 마음도 읽을 수 있었다. 오랫동안 하고 싶어 했던 일이고 드디어 첫 출근인데 그 기분을 어떻게 다 말로 표현할 수 있을까. 조금은 걱정도 되면서 기대도 되고 설레기도 하고 긴장도 되겠지. 그러면서 마음 한편에선 잘해야지, 하는 각오도 다지지 않았을까.

누군가는 은퇴할 나이에 일을 시작하는 아내가 왜 걱정스럽지 않을까. 남편 마음은 충분히 이해한다. 하지만 조금은 아쉬웠다. "힘들면 당장 그만둬"보다 "어렵게 시작한 거니 열심히 해봐"라고 했으면 더 좋았을걸. 그 말이 아내에게는 더 힘이 되지 않았을까.

부부싸움 때마다 남편은 말했다. "그렇게 힘들면 그냥 그만둬." 일하랴, 집안일 하랴, 아이 보랴, 힘들고 지친다고 하면 남편은 마치 떼쓰는 어린애 달래듯 "그럼 자기는 집안일만 해. 돈은 내가 더 벌 테니까"라고 했다. 나를 위해 자신이 희생하겠다는 투였지만, 난 전혀 반갑지도, 고맙지도 않았다. "힘들면 포기해" 말고 "어떻게 해야 도움이 될까?"란 말이 듣고 싶었지만, 남편은 그런 내 생각을 이해하지 못하는 듯했다.

주변도 비슷했다. 사람들은 종종 내 앞에서 남편을 향해 말했다. "언제까지 와이프를 일하게 할 거야. 이제 그만해도 되지 않아?" 난 매번 일이 좋다고 해도, 그들에겐 가닿지 않는 모양이었다. "무슨 소리야. 이제 고생 그만할 때도 됐지"라는 걸 보면.

한 지인의 상사는 아내가 대학원 공부까지 마치고 직장을 다녔는데 그만두게 했다는 말을 자랑처럼 한단다. 선생님이었는데, 남의 애 보지 말고 우리 집 자식 농사나 잘해달라고 했다며.

한번은 한 대기업 임원을 알게 됐고 식사 자리에 함께했다. 그를 제외한 나머지 사람들의 나이대는 주로 30~40대였는데 다들 커리어 고민을 하고 있었다. 임원은 본인의 경험담과 함께 새겨들을 만한 좋은 이야기를 나눠주었다. 한참 고개를 끄덕이며 듣고 있는데, 그는 이런 말을 했다. “그래도 여자는 일에 대해 그렇게 큰 부담감은 없잖아요.” 갑자기 머리가 멍해졌다. 왜 여자는 부담이 없지? 힘들면 그만두면 되니까? 아니나 다를까, 그는 말했다. “여자는 그렇게까지 열심히 할 필요는 없으니까.” 이후에 그가 하는 말이 귀에 잘 들어오지 않았다.

남자가 회사 생활이 힘들다고 하면 회사가 다 그런 거라고 한다. 그 정도도 못 버티면 앞으로 더 힘든 일은 어떻게 해나가냐며. 새로운 시도를 앞두고 두려움을 내비치면, 하면 다 할 수 있는 일이라며 일단 해보라고 한다. 실패하면 “살다 보면 실패할 수도 있지”라며 다시 해보란 말을 건넨다.

여자가 회사 생활이 힘들다고 하면 제일 먼저 나오는 말은 “너무 힘들면 그만두든가”다. 도전을 망설이면 “꼭 할 필요는 없어”라고 하고, 실패하면 기다렸다는 듯이 “이쯤에서 그만둬. 뭐 하러 그렇게 열심히 하려고 해?"라고 한다.

남자에겐 격려와 응원을 보내면서 여자에겐 포기와 타협을 먼저 제시한다. 여자를 위해서 하는 말이라 할지 모르겠으나, 그건 여자를 위한 것이 아니다. 여자를 더 무능하게 할 뿐. 남자에게도 전혀 도움이 되지 않는다. 여자가 포기한 부분만큼 남자가 감당할 몫이 늘어날 테니까.

얼마 전 TV에 한 부부가 나왔는데, 아내는 아이들도 어느 정도 컸으니 일을 다시 시작하겠다고 하고 남편은 집에서 애들이나 챙기라며 반대했다. 그러곤 눈치가 보였는지 "아니, 일하면 당신 힘들까 봐 그러지. 전에 일할 때 힘들어했잖아"란 말을 슬쩍 보탰다. 아내는 이 말에 이렇게 대꾸했다. "당신도 힘든데 일하잖아. 매일 힘들다고 투덜거리면서."

"힘들까 봐"란 말은 바깥일을 두고 하는 말이기도 하지만, '집안일과 바깥일을 다 잘할 수 있겠냐, 힘들지 않겠냐'는 의미이기도 하다. 그렇게 걱정되면 아내 짐을 나눠 들면 될 텐데. "이젠 집안일은 나눠서 해야겠다"가 아니라 "힘드니까 하지 마"라는 말에서 힘듦의 주체는 아내가 아닌 남편이라 느껴지는 건 나뿐인가.

여성들에게 더 이상 포기와 타협을 권하지 말았으면 좋겠다. 포기와 타협 대신 지지와 응원을 보내줄 수는 없을까. 그게 그렇게 어려운 일인가?

13

집안일은 도와주는 게 아닌데

한 인터넷 카페에 '남편이 많이 도와주시나요?'란 제목의 글이 올라왔다. 남편이 전혀 가사나 육아에 도움을 주지 않는다는 하소연과 함께 다른 남편들은 어떠냐고 묻는 글이었다. 댓글은 다양했다. '많이 도와준다'부터 '우리 집도 전혀 안 한다'까지. 댓글을 죽 읽는데, 읽어갈수록 기분이 썩 좋지 않았다. 글이 온통 '도와줘요' '해줘요'라는 식이었다.

TV 예능 프로그램에 여자 연예인이나 유명인이 나오고 특히 배우자 역시 잘 알려진 사람이면 "남편이 많이 도와주는 편이에요?"란 질문은 빠지지 않는다. 여자 쪽이 더 많이 활동하는 경우조차도.

나 역시 수도 없이 들어왔던 질문이다. 회사 사람은 물론 친한 친구 사이에서도, 그다지 가깝지 않은 사람조차 쉽게 자주 하는 질문이었다.

신혼 초 남편이 "내가 많이 도와주잖아"라고 하면 나는 정색하고 나섰다. "왜 도와준다고 생각해? 당연히 할 일이지. 이 집이 나 혼자 사는 집이야?" 남편은 말로는 알았다고는 했지만 변하진 않았다. 여전히 '도와준다'고 한다.

지인 중 한 명은 결혼한 지 10년이 넘었는데 얼마 전에야 도와준다는 말이 신경 쓰였다고 했다. 매번 "이것 좀 도와줘"라고 하다 이제는 분담하자고 한다며.

맞벌이 중이고 가사 분담을 정확히 하고 있다는 한 지인도 말했다. "저희 남편은 꽤 많이 도와주는 편이에요. 고맙죠."

중년을 넘긴 한 남자 지인은 자신은 집안일을 많이 한다고 했다. 밥 먹으면 설거지는 늘 본인 담당이라며. 그러면서 말했다. "아휴, 나는 많이 도와주지."

왜 다들 도와준다고 할까? 같이 사는 집에서 생기는 일이고 함께하는 생활을 유지하기 위해 하는 일인데, 남의 일처럼 '도와준다'고 한다. 마치 옆집 사람이라도 되는 것처럼.

외벌이면 집안일이며 육아며 아내가 다 하는 게 당연한 거 아니냐는 사람도 있다. 본인이 퇴근하는 건 당연하게 여기면서, 아내가 하는 가사나 육아에는 퇴근이 없다고 생각한다. 어디에도 하루 24시간 근무는 없는데. 그러면서 당당히 말한다. 엄마니까, 아내니까 당연한 거 아니냐고. 그러면 아빠니까 나가서 돈 버는 것도 당연한 일이겠네? 그 당연한 일을 왜 그렇게들 생색을 낼까.

처음부터 당연한 일은 없다. 그렇게 만들어지고 인식해왔을 뿐. 당연하게 여기는 일, 습관처럼 쓰는 말도 한 번 더 생각해봐야 한다. 말이 생각을 지배하기도 하니까.

'돕는다'는 말은 옆에서 거든다는 말이다. 주체가 아니란 뜻이고 할 수도, 안 할 수도 있다는 의미를 담고 있다. '해준다'는 말 역시 내 일은 아니지만 힘을 보태겠다는 뜻이다.

육아를 비롯해 집안에서 일어나는 일은 내키면 하고 안 내키면 안 해도 되는 종류의 일이 아니다. 선심 쓰듯 할 것도 아니고. 도와주는 게 아니라 할 일을 하는 것이다.

습관처럼 '도와준다' '해준다'는 말을 계속하는 한 가사와 육아는 언제까지고 아내만의 일이 될 것이다.

14

그 평가를 멈춰!

지인 B는 거리를 걷다가도, 카페에 앉아 있다가도 주변 여성을 보고 꼭 한마디씩 했다.

"앞에 저 여자는 몸이 좀 이상하지 않아요? 뭔가 균형이 안 맞는 거 같은데?"

"와, 운동 하나도 안 하나 보다."

"맞은편에 있는 여자 봤어요? 되게 무섭게 생겼네."

그럴 때 난 "그런가요?"라며 별생각 없이 대꾸할 때도 있었고, 어느 땐 나도 따라서 유심히 관찰할 때도 있었다. 그만큼 처음엔 대수롭지 않게 들었다. 그저 외모에 신경을 많이 쓰는 사람인가 보다 했다.

그러던 것이 어느 때부턴가 거슬리기 시작했다. 그는 생각보다 자주 점점 더 디테일하게 외모 평가를 했다. 무슨 평가단이라도 되는 것처럼. 어깨가 너무 넓다느니, 굶어서 뺀 몸매라느니 해가며. 주로 깎아내리는 얘기였다.

듣다 못해 한번은 물었다.

"여자들 몸매만 보나 봐요."

"그냥 보이잖아요."

"난 안 보이는데? 누가 그렇게 지나가는 사람들 몸매를 자세히 봐요?"

"다들 보지 않나?" 그는 참 당당했다.

하루는 또 그러길래, 이번엔 이렇게 말했다. "그런 건 보통 혼자 생각은 해도 말로 하지는 않는데." B는 여전히 당당했다. "못할 말도 아닌데요 뭐. 그리고 사실이잖아요?" 그러면서 실실 웃기까지 했다. 같이 있던 다른 지인 C도 불편했는지 일부러 과장되게 B를 위아래로 쓱 훑어보고는 "뭐, 누굴 평가할 입장은 아닌 거 같은데요"라고 하곤 씩 웃어 보였다. "제가 어디가 어때서요? 이만하면 괜찮은 편이죠." B는 정색했다. 마치 '못 들을 말'이라도 들은 것처럼. 나와 C는 서로 눈이 마주쳤고 동시에 웃음을 터뜨렸다. B의 얼굴은 잔뜩 일그러졌다. 조금 전까지만 해도 "사실이잖아요"라며 실실거리던 모습은 어디에도 남아 있지 않았다.

평가할 때는 자신이 뭐라도 되는 것처럼 한없이 꼿꼿하더니, 반대 입장이 되니 세상 억울하고 당혹스러워 보였다. 평가를 할 줄만 알았지, 당할 줄은 상상도 못 했다는 듯이. 난 그게 더 당혹스러웠다.

B 말고도 여성의 외모를 아무렇지 않게, 아무 때나 평가하는 사람들이 종종 있다. 친지 중 한 명은 TV에 여자 연예인이나 여자 아나운서만 나오면 꼭 한마디씩 했다. 쟤는 얼굴이, 쟤는 몸매가 어쩌고라며.

몇 년 전, 어느 대기업의 '파격 인사'가 뉴스 메인 기사에 올랐다. 내용은 이번 임원 승진자 중 30대 여성이 두 명이나 포함되어 있다는 거였고 사진도 함께 올라왔다. 내 눈길을 끈 건 기사 내용보다 기사에 달린 댓글이었다. 임원, 승진, 30대도 아닌 외모 얘기가 댓글 상당 부분을 차지했기 때문이다.

몇 달 전엔 '우크라이나 출신 러시아 미녀 검찰총장, 러 비난 발언 후 해임'이란 기사가 떴다. 기사 제목이 재밌었다. 검찰총장이면 검찰총장이지 '미녀' 검찰총장은 뭘까. 다른 기사를 찾아봐도 죄다 검찰총장 앞에 '미녀'라는 말이 붙어 있었다. 해임과 미녀는 어떤 상관관계가 있는 걸까.

대학 때 어느 남자 선배는 여자 후배들 외모를 하나하나 평가하며 순위를 매겼다. 남자 동기 중엔 매번 여자 동기의 외모를 농담거리로 삼는 친구도 있었다. 앞에서도 이러는데, 뒤에서는 얼마나 더할까 싶었다.

회사에서 어느 상사는 마른 여성을 볼 때면 '볼품없다'는 말을 서슴없이 했다. 가까운 지인 중에도 나를 볼 때마다 살이 쪘네, 빠졌네 하며 볼품 얘기를 하는 사람이 있다.

사람은 누군가를 평가할 때 우월감을 느낀다. 마치 특권이라도 지닌 것처럼. 어쩌면 그래서 사람들은 남 평가하길 좋아하는지도 모르겠다. 자신의 우월감을 채우려 남을 깎아내리는 건지도. 그러니 평가 대상은 주로 나보다 힘이 없거나 아래라고 생각하는 사람, 또는 그랬으면 하는 사람이 된다. 그래서일까. 유독 여성이, 어떤 기준도, 좋고 나쁨도, 옳고 그름도 없어 논하기 쉽고 비하하기 편리한 외모가 평가 대상이 되는 건.

버지니아 울프는 자신감을 신속하게 얻는 방법은 다른 사람들이 자신보다 열등하다고 생각하는 것이라면서 이렇게 말했다. "여성은 지금까지 수세기 동안 남성의 모습을 실제 크기의 두 배로 확대 반사하는 유쾌한 마력을 가진 거울 노릇을 해왔습니다."[33]

외모 관련 악성 댓글로 힘든 시간을 보냈다는 가수 화사는 한 콘서트에서 이런 말을 했다고 한다. "세상이 말하는 미의 기준이 나와 맞지 않다면 내가 또 다른 기준이 되어야겠다." 이 말을 하기까지 얼마나 많은 고통과 고뇌의 시간을 보냈을까? 타인을 자신

33 버지니아 울프, 《자기만의 방》, 민음사, 2021, 60~61쪽.

을 확대 반사해줄 거울로 삼는 건 많이 비겁한 행동이다. 여성, 그 중에서도 화면 속 어린 여성을 반사 거울로 삼긴 너무나도 쉬웠을 거다.

만만해 보이는 누군가를, 그것도 외모를, 제멋대로 폄하하며 우쭐대는 것만큼 못난 짓이 없다. 스스로는 우월감을 느낄지는 모르겠으나 옆에서 보고 있노라면 딱하기 그지없다.

우월감이든 자존감이든 자신감이든 스스로 채워나갔으면 한다. 그게 진짜니까.

외모는 비난이든 칭찬이든 평가 대상이 아니다. 외모는 존재 자체다. 누가 존재를 평가할 수 있는가? 누구도 그럴 권한은 없다.

15

그 말은 좀 이상하지 않아요?

"우리 엄마는 아직도 아들, 하면 깜박 죽잖아. 지금 엄마 챙기는 게 누군데. 그렇게 겪고도 모른다니까. 백날 얘기해도 안 변해."

"좀 깨어 있는 사람인 줄 알았는데, 겪으면 겪을수록 아닌 거 같아. 그렇게 눈치를 줘도 안 변하네. 타고난 시대는 어쩔 수 없나 봐."

"와, 그렇게 욕을 먹고도 변한 게 없네. 변할 생각이 없나 보다."

주변에서 종종 듣는 말이다. 누군가 시대착오적인 생각이나 발언을 했을 때, 특히 옆에서 계속해서 눈치나 주의를 주는데도 변하는 게 없을 때, 고개를 절레절레 흔들며 하는 말이다.

변하지 않는 이들에게 지친 사람들은 말한다. "이젠 아예 아무 말도 안 해. 하면 뭐 해. 결국 또 똑같은 얘기를 할걸." 어떤 사람은 오히려 주의 주는 사람을 말리기도 한다. "아이고, 얘기하나 마나야. 그냥 그런가 보다 하고 말아. 어차피 안 바뀌어"라고.

나 역시 지치고 질릴 때가 있다. 그런 말은 좀 그렇다, 다른 측면에서도 바라봐야 할 것 같다, 당사자 입장에선 다르게 느낄 수도 있지 않겠냐, 같은 얘기를 많이 한 것도 같은데, 무례하고 둔감한 사람은 여전히 무례하고 둔감하다.

그럴 때면 '사람들 말처럼 안 변하는 건가? 괜히 사이만 서먹하게 하는 건가?' 하는 생각이 든다. 또 누군가의 조언대로 그냥 둥글게, 좋은 게 좋은 거란 생각으로 살아가야 하는 건가 싶기도 하다.

하지만 세상은 분명 변하고 있다.

검색창에 '한국 최초 여성'을 치면 작가, 화가, 영화감독, 변호사 등등이 줄줄이 나온다. 지금은 이해가 안 되지만, 여자 배우는 결혼하면 자연스레 은퇴로 이어지고 이혼하면 아예 방송에 나오기 힘든 시절도 있었다. 일반 직장 여성도 결혼하면, 특히 아이라도 낳으면 퇴사를 권고받던 때가 있었는데, 그렇게 옛날 일도 아니다. 지금은 법적으로 금지됐지만, 내가 사회생활을 시작할 때만 해도 면접에서 남자 친구 있냐, 만난 지 얼마나 됐냐, 결혼은 언제 할 거냐는 질문을 아무렇지 않게 했다.

도대체 이 사회는 왜 이렇게 안 바뀌나 싶지만, 실은 아주 천천히 조금씩 바뀌어가고 있는 중이다. 단지 우리가 체감하지 못할 뿐. 어쩌면 체감하지 못하는 건 당연할지도 모른다. 새로운 인식과 주장이 나오고 제도화되는 데도 오랜 시간이 걸리지만, 그 제도를 개개인이 받아들이고 몸에 익히는 데는 더 오랜 시간이 걸린다. 아무리 정기적으로 직장 내 성희롱 예방 교육을 해도 "살 빠진 거 같네? 남자 친구가 좋아하겠어. 아! 요즘은 이런 말도 하면 안 되지? 참 각박한 세상이야"라는 부적응자가 여전히 존재하는 것처럼.

느리더라도 세상이 조금씩 더 나은 방향으로 가기 위해서는 계속해서 예민하게 반응해야 한다. "그건 좀 아닌 것 같은데요" "이제 그런 말은 조심하셔야 해요" "아이고, 위험한 발언이시네요" 등등. 이런 말에도 "도대체 뭐야 문제야? 내가 내 할 말 하겠다는데" "이젠 무서워서 농담도 못 하겠네"라는 사람이 있을 것이다. 그래도 그런 사람 덕분에 더욱 '저러지는 말아야지' 하는 마음이 드니, 말해도 소용없다는 말은 맞지 않는 것 같다.

며칠 전, 어느 작가가 공적인 자리에서 여성 정치인의 외모를 품평했다. 문제 삼는 사람들이 있었고 대상자들은 불쾌함을 나타냈지만, 발언자는 "농담이었다. 농담에 이렇게까지 반응하냐"는 식으로 대응했다가 비난이 거세지자 결국 사과했다.

이런 일은 과거에도 있었고, 지금도 있고, 앞으로도 또다시 일어날 거다. 그래도 차츰 줄어들지 않을까.

다들 바쁘고 둔감해지기 쉬운 세상에서 예민하게 문제를 제기하면 '유난스럽다'는 곱지 않은 시선이 따라붙는다. 그런 시선에 지치고 '나만 너무 유난스러운 건가?' 하는 자기 의심이 지겨워지면 점점 침묵을 택하게 된다. 결국 예민한 사람은 소수만 남고, 이 소수가 하는 말은 더 유난스러운 말이 된다. 소수는 더 소수가 되고.

그런데 세상은 이 소수의 예민한 사람들이 하는 말에 의해 변화한다. 유난스럽게 문제를 깊이 파고들고, 아무도 하지 않으려는 말을 굳이 소리 내어 이야기하고, 남들이 다 포기할 때도 끝까지 물고 늘어지는 사람이 있기 때문에, 외면하고 지나치던 것들이 사람들 눈에 띄기 시작하고 결국엔 변화에까지 이르게 되는 것이다.

존 스튜어트 밀은 소수야말로 '세상의 소금과 같은 존재'라고 했다. 이들이 없으면 우리 삶은 정체(停滯)를 면치 못할 것이라고.[34] 고로 예민한 사람은 세상의 소금과 같은 존재다.

느리게 변하는 세상에서 나는 오늘도 예민해볼 생각이다.

"그 말은 좀 이상하지 않아요?"

---

34 존 스튜어트 밀, 《자유론》, 책세상, 2021, 139쪽.